人间食粮

les nourritures terretres

[法] 安德烈·纪德 著

李玉民 译

中国 友谊出版公司

图书在版编目（ＣＩＰ）数据

人间食粮 ／（法）纪德著 ；李玉民译. —— 北京 ：
中国友谊出版公司，2015.9（2019.2重印）
ISBN 978-7-5057-3589-7

Ⅰ．①人… Ⅱ．①纪… ②李… Ⅲ．①散文集－法国
－现代 Ⅳ．①I565.65

中国版本图书馆CIP数据核字(2015)第222024号

书名	**人间食粮**
作者	[法]安德烈·纪德
译者	李玉民
出版	中国友谊出版公司
发行	中国友谊出版公司
经销	新华书店
印刷	北京中科印刷有限公司
规格	889×1194毫米　32开
	8印张　145千字
版次	2015年12月第1版
印次	2019年2月第5次印刷
书号	ISBN 978-7-5057-3589-7
定价	39.80元
地址	北京市朝阳区西坝河南里17号楼
邮编	100028
电话	(010) 64678009

版权所有，翻版必究
如发现印装质量问题，可联系调换
电话　(010) 59799930-601

这就是我们在人间所吃的粮食。

——《可兰经》第 2 卷第 23 章

人间食粮

献给友人莫里斯·基约

1927 年版序言

这是一本寻求逃避、寻求解脱的书，人们照例认为这是我的自述。我谨借这次再版的机会，向新读者说明几点，让他们更准确地把握写作本书的背景和动机，从而不那么看重它了。

1.《人间食粮》这本书的作者，即或不是一个病人，也至少是一个正在康复的人，一个刚刚病愈的人，一个患过病的人。他就像险些丧命的人那样，拥抱生活，抒发情感未免显得过分。

2. 我写这本书的时候，正值文坛矫揉造作之风盛行、气氛沉闷不堪之际，因而觉得文学亟须重新接触大地，赤足扎实地踏在地面上。

这本书如何严重地触犯了当时的审美观，只需看它完全遭到冷落就明白了。没有一个评论家谈到它。十年期间，仅售出五百本。

3. 我写这本书的时候刚好结婚，生活固定下来，甘愿放弃自由，但是在这本作为艺术品的书中，我又立刻疾呼讨回自由。自不待言，我写这本书时，完全是坦率的，而且在披露内心时也同样坦诚。

4. 这里还补充一点：我说过不会停留在这本书上。我在书中描绘漂泊不定、无拘无束的状态，勾画出轮廓，就像小说家勾画主人公一样：那主人公同他相像，但又是他创造出来的；即使在今天看来，我勾画那种状态时并未脱离我自身，也可以说，我并未脱离那种状态。

5. 别人通常按照这本为青年写的书来评价我，就好像《人间食粮》中的伦理道德，就是我一生的伦理道德，就好像我没有带头遵循我在书中对青年读者提出的忠告："丢掉我这本书，离开我吧。"不错，我就随即离开了我写《食粮》那时的我，因此，我现在检查自己的一生，发现主导方面远远不是反复无常，反倒是始终如一。深深扎根于心灵和思想中的这种始终如一，我认为十分难得。哪些人临终能亲眼看到自己要做的事情全部完成，请列举出来，那么我就可以同他们并列。

6. 再讲一点：有些人只看到，或者只愿意看到，这本书旨在歌颂欲望和本能。我认为这未免是一种短见。我重新翻阅这本书，从中看到更多的，却是对清心寡欲的讴歌。这正是我离开一切而唯独铭记的一点，也正是我至今还信守的一点。如同我在续篇中讲述的那样，正是依赖这一点，后来我才皈依了《福音书》的教义，以便在忘我中达到最完美的自我实现，达到最高要求和不可限量的幸福。

"但愿本书教你关注你自身超过这本书，进而关注一切事物超过你自身。"这句话，你在《食粮》的引言和结尾中可能已经读到，为什么要我重复呢？

安·纪德

1926 年 7 月

引 言

　　纳塔纳埃尔，请不要误解，我不是兴致偶发，给本书取了个粗鄙的名字；题为"梅纳尔克"也未尝不可，然而，梅纳尔克同你一样，根本就不存在。唯一可行的办法，就是把我的名字印在封面上，不过，既作了书名，我又怎好署名呢？

　　我无须顾忌，自然而然地署上名字。而我在书中有时谈及我未曾游历的国度、未曾闻过的芳香、未曾做出的行为，抑或谈到你——我未曾谋面的纳塔纳埃尔，那也绝非虚应故事；须知比起你的名字，这些事情不见得更为虚妄。你哟，纳塔纳埃尔，将要读我这本书，我不知道你那时报什么名字，就姑且这样称呼吧。

　　这本书一旦看完就扔掉吧，然后就出行——但愿它引发你出行的渴望，无论离开什么地方，离开你的城市、你的家庭、你的居室，乃至你的思想。千万别携带我这本书。我若是梅纳尔克，就会拉起你的右手，领你走一程，不过，你的左手却毫无察觉。一旦远离城市，我就立即放开你的手，并且对你说：忘掉我吧。

但愿本书教你关注你自身超过这本书，进而关注一切事物超过你自身。

第一篇

我这懒散的幸福，长期昏睡，现在醒来了……

——哈菲兹

一

纳塔纳埃尔，不必到别处寻觅，上帝无所不在。天地万物，无一不表明上帝的存在，但无一能揭示出来。

我们的目光一旦停留在一件事物上，就会立刻被那事物从上帝身边引开。

别人纷纷发表著作，或者钻研工作，而我却相反，漫游了三年，力图忘掉我所博闻强记的东西。这一退还学识的过程，既缓慢又艰难；不过，人们所灌输的全部知识，退还了对我更有裨益：一种教育这才真正开始。

你永远也无法明了，我们做了多大努力，才对生活发生了兴趣；而生活同任何事物一样，我们一旦感兴趣，就会忘乎所以。

我往往畅快地惩罚自己的肉体，只觉得体罚比错失更有快感：我沉醉其中，因不是单纯犯罪而得意扬扬。抛开优越感吧，那是思想的一大包袱。

我们总是举足不定，终生忧烦。如何对你讲呢？细想起来，任何选择都令人生畏，连自由也是可怕的，如果这种自由不再引导一种职责的话。这是在完全陌生的国度选择一条路，每人都会发现自己的路，请注意，只适用于自己；即使到最鲜为人知的非洲，找一条最荒僻的路径，也没有如此难以辨识。……有吸引我们的一片片绿荫，还有尚未枯竭的清泉幻景……不过，还是我们的欲望所至之处，才会有清泉流淌；因为，只有当我们走近时，那地方才成形存在，只有当我们行进时，景物才在周围逐渐展现；远在天边，我们一无所见，即使近在眼前，也仅仅是连续不断而变幻不定的表象。

如此严肃的话题，为什么用起比喻来了呢？我们都以为肯定能发现上帝，然而，唉！找见上帝之前，我们却不知道面向何方祈祷。后来，大家才终于想道：上帝无处不有，无所不在，哪里却又寻不到，于是就随意下跪了。

纳塔纳埃尔，你要仿效那些手擎火炬为自己照路的人。

你无论往哪儿走，也只能遇见上帝。——梅纳尔克常说："上帝嘛，也就是在我们前边的东西。"

纳塔纳埃尔，你一路只管观赏，哪里也不要停留。你要明白，唯独上帝不是暂存的。

关键是你的目光，而不是你目睹的事物。

你所认识的一切事物，不管多么分明，直到末世也终究与你泾渭分明，你又何必如此珍视呢？

欲望有益，满足欲望同样有益，因为欲望从而倍增。实话对你讲吧，纳塔纳埃尔，古有渴求之物一向是虚幻的，而每种渴求给我的充实，胜过那种虚幻的占有。

纳塔纳埃尔，我的爱消耗在许多美妙的事物上；我不断为之燃烧，那些事物才光彩夺目。我乐此不疲，认为一切热衷都是爱的耗散，一种甜美的耗散。

我是异端中的异端，总为各种离经叛道、思想的深奥隐晦和抵牾分歧所吸引。一种思想，唯其与众不同，才引起我的兴趣。我甚至从自身排除同情心；所谓同情心，无非是承认一种通常的感情。

纳塔纳埃尔，绝不要同情心，应有爱心。

要行动，就不必考虑这行为是好是坏。要爱，就不必顾忌这爱是善是恶。

纳塔纳埃尔，我要教会你热情奔放。

人生在世，纳塔纳埃尔，与其平平安安，不如大悲大恸。我不要休息，但求逝者的长眠，唯恐我在世之时，未能满足的欲望、未能耗散的精力，故世后又去折磨我。我希望在人世间，内心的期望能够尽情表达，真正的心满意足了，然后才完全绝望地死去。

绝不要同情心，纳塔纳埃尔，应有爱心。你明白这不是一码事，对不对？唯恐失去爱，我才对忧伤、烦恼和痛苦抱有同感，否则的话，这些我很难容忍。各人的生活，让各人操心去吧。

（今天写不了，谷仓里有个机轮总在运转。昨天我看到了，正打油菜籽，只见糠秕乱飞，籽粒滚落在地。尘土呛得人透不过气来。一个女人在推磨，两个漂亮的小男孩，光着脚丫在收菜籽。

我潸然泪下，只因无话可说了。

我明白，一个人除此再也无话可说的时候，就不能提笔写东西。但我还是写了，并就这同一话题写下去。）

＊ ＊ ＊

纳塔纳埃尔，我很想给你一种谁也没有给过你的快乐。这种
快乐，我本人倒是拥有，但不知如何给你。我希望与你交谈比
谁都更亲切。我希望在夜晚这样的时刻到你身边：你翻开又合
上一本本书，要从每本书里寻求更多的启示，你还在期待，你
的热情自觉难以撑持而要转化为忧伤。我只为你写作，只为这
种时刻写作。我希望写出这样一本书：你从中看不到任何思想、
任何个人激情，只以为看到你本人热情的喷射。我希望接近你，
希望你爱我。

忧伤无非是低落的热情。

每个生灵都能赤身裸体，每种激情都能丰满充实。

我的种种激情像宗教一般敞开。你能理解这一点吧：任何感
觉都是一种无限的存在。

纳塔纳埃尔，我要教会你热情奔放。

我们的行为依附我们，犹如磷光依附磷。这些行为固然消耗
我们，但是也化为我们的光彩。

我们的灵魂，如果说还有点价值，那也是因为比别的灵魂燃
烧得更炽烈。

013

我见过你哟，沐浴在晨曦中的广袤田野；我在你的清波里沐浴过哟，蓝色的湖泊；清风的每一次爱抚，都令我喜笑颜开。纳塔纳埃尔，这就是我不厌其烦要向你絮叨的。纳塔纳埃尔，我要教会你热情奔放。

假如我知道更美的事物，那也正是我对你讲过的——当然要讲这些，而不是别的事物。

你没有教我明智，梅纳尔克。不要明智，要爱。

纳塔纳埃尔，我对梅纳尔克的感情超出出了友谊，接近于爱情。我对他爱如兄弟。

梅纳尔克是个危险人物，你可要当心；他那个人哪，智者们纷纷谴责，孩子们却无一惧怕。他教孩子们不要再仅仅爱自己的家，还逐渐引导他们脱离家庭，让他们的心渴望酸涩的野果，渴求奇异的爱情。啊！梅纳尔克，我本想还同你走别的路，一起漫游。可是你憎恶怯懦，力图教我离开你。

每人身上都有各种特殊的潜力。假如过去不是往现时投射一段历史，那么现时就会充满所有未来。然而可惜的是，独一的过去只能标示独一的未来，它将未来投射到我们面前，好似投射在空间一个无限的点。

永远不做无法理解的事情，方是万全之策。理解，就是感到自己胜任愉快。尽可能肩负起人道的责任，这才是良言正理。

生活的不同形式，我看对你们全是好的。（此刻我对你说的，也是梅纳尔克对我讲的话。）

凡是七情六欲和道德败坏的事，但愿我都体验过，至少大力提倡过。我的全身心曾投向所有信仰，有些夜晚我狂热极了，甚至信仰起自己的灵魂来，真觉得它要脱离我的躯体。——这也是梅纳尔克对我讲的。

我们的生活展现在面前，犹如满满一杯冰水，这只附着水汽的杯子，一个发高烧的病人双手捧着，想喝下去，便一饮而尽，他明明知道应当缓一缓，但就是不能将这一杯甘美的水从唇边移开：这水好清凉啊，而高烧又令他焦渴难耐。

二

啊！我多么畅快地呼吸夜晚寒冷的空气！啊！窗棂啊！月光穿过迷雾流泻进来，淡淡的恍若泉水——仿佛可以畅饮。

啊！窗棂啊！多少次我贴在你的玻璃上，冰一冰额头；多少次我跳下滚烫的床铺，跑到阳台上，眺望无垠静谧的苍穹，心中的欲火才渐渐烟消雾散。

往日的激情啊，你们致命地损耗了我的肉体。然而，崇拜上帝如果没有分神的时候，那么灵魂也会疲惫不堪！

我崇拜上帝，执迷到了骇人的程度，连我自己都觉得浑身不得劲。

"灵魂的虚幻幸福，你还要寻觅很久。"梅纳尔克对我说。

最初那段日子，心醉神迷而又狐疑——那还是遇见梅纳尔克之前——接着又是一个焦急等待的阶段，仿佛穿越一片沼泽地。我终日昏昏沉沉，睡多少觉也不见好。吃完饭我倒头就睡，睡醒了更觉得疲乏，精神迟钝麻木，真要化作木雕泥塑。

生命隐秘的活动，潜在的运行，未知物的萌生，艰难的分娩，昏睡，等待；同样，我像虫蛹，处于睡梦中，任由新生命在我体内成形。这新生命就将是我，同原来的我不相像了。光线仿佛要透过层层绿水和繁枝密叶，才照到我身上，只觉得浑浑噩噩，麻木不仁，就像喝醉了酒，又像极度昏迷。"噢！"我哀求道，"但愿急性发作，大病一场，让我疼痛难忍吧！"我的脑海阴云密布，风雨交加，压抑得人透不过气来，万物只待闪电劈开气鼓鼓的乌黑天盖，让碧空露出来。

等待哟，还要持续多久？等待过后，我们又剩下什么赖以生存呢？"等待！等待什么啊！"我高声疾呼，"难道还有什么东西，不是我们自身的产物吗？我们自身的产物，难道还会有我们不了解的东西吗？"

阿贝尔出生，我订了婚，艾里克的去世，把我的生活打乱了，可是，我的麻木状态非但没有结束，反而日甚一日了，就好像这种麻木状态，恰恰是我的纷乱思绪和优柔寡断造成的。我真想化为草木，在湿润的土壤里长眠。有时我也暗自思忖：也许会苦极生乐；于是我就劳乏肉体，以求精神解脱。继而，我重又沉沉大睡，就好像热得发昏的婴儿，大白天让人安置在闹室里睡觉。

睡了许久，我才从悠远的梦中醒来，浑身是汗，心怦怦狂跳，头脑依然昏昏沉沉。百叶窗紧闭，天光从下面的缝隙透进来，在白色天棚上映现草坪的绿幽幽反光。这暮色的幽光，是唯一令我惬意的东西，就好比一个人久处黑暗笼罩的洞穴，乍一走到洞口，忽见叶丛间透射过来的水色天光，微微颤动，是那么柔和而迷人。

家中的各种响动隐约传来。我又渐渐恢复神志，用温水洗了洗脸，依然无情无绪，便下楼走到花园，坐在长椅上，无事可干，只等夜晚降临。我一直疲惫不堪，不想说话，不想听人说话，也不想写作。于是，我读到这样一段：

>……他看见前方
>
>道路渺无人迹，
>
>海鸟舒展翅膀，
>
>正在沐浴嬉戏……
>
>我还得在此蛰居……

别人迫使我住在

森林的浓荫下，

橡树下，这地窟里。

冷森森这土屋，

让我住得好厌烦。

黑黝黝这山谷，

巍巍然这山峦，

凄凉哟这树篱，

披满了荆棘，

居所了先乐趣。①

充实的生活有可能实现，但尚未如愿，不过，这种感觉有时隐约可见，去而复来，越来越萦绕心间。"啊！"我呼号，"干脆打开一个窗洞，让阳光涌入这永无休止的煎熬中！"

我的整个生命，似乎亟须焕然一新。我企盼第二个青春期。啊！我的双眼换上全新的视觉，洗去所蒙书籍的尘垢，恢复清亮，好似我所见的蓝天——今天下了几阵雨，碧空如洗。

我病倒了，我去旅行，遇见了梅纳尔克。我的身体康复是个奇迹，可谓再生。我再生为一个新人，来到这新的天地，来到这

---

① 此系《流亡之歌》，泰纳引用并译自《英国文学》第一卷第 30 页。

彻底更新的事物中。

三

纳塔纳埃尔，我要同你谈谈等待。夏日里，我见过平野在等待，等待下点儿雨。道路上的尘埃变得极轻，稍起点风就漫天飞扬。这已不只是焦渴，而是一种焦虑了。土地干旱得龟裂，仿佛为迎接更多的雨水。荒原上野花香气郁烈，呛得人几乎受不了。烈日炎炎，草木都打蔫了。每天下午，我们都到露台下面休息，稍微躲避一下异常强烈的阳光。这正是结球果的树木蓄满花粉的季节，树枝动不动就摇晃，将花粉散播到远方。天空正孕育暴风雨，整个大自然都在等待。这一时刻异常庄严凝重，连鸟儿都缄默了。大地溽暑熏蒸，万物仿佛都热昏了；球果树花粉从枝叶间飘散，宛若金黄色的烟雾。——不久便下雨了。

我见过天空抖瑟着等待黎明。星辰一颗接一颗暗淡了。露水浸湿了草地。晨风轻拂，给人以冰凉之感。有一阵子，混沌的生命似乎还流连在睡梦中，我的头仍然困倦而滞重。我上坡一直走到树林的边缘，坐下来。每个动物都确信白昼即将来临，便重又投入劳作和欢乐；生命的奥秘也缘着绿叶的齿边重又传播。——不久天就亮了。

我还多次见过黎明的景象，也曾见过等待夜幕降临的情景……

纳塔纳埃尔，但愿你内心的每种等待，连欲望也算不上，而仅仅是迎接的一种准备状态。等待朝你走来的一切吧，但是，你只能渴望投向你的东西，只能渴望你会拥有的东西。要知道一天到晚，每时每刻你都能完全拥有上帝。但愿你的渴望发自爱心，你的拥有体现爱意。欲望如无效果，又算什么欲望呢？

怎么！纳塔纳埃尔，你拥有上帝，竟然毫无察觉！拥有上帝就是看见，但是谁也不看。巴拉姆，在任何小径拐弯的地方，每次你的灵魂停在上帝面前，难道你就没有看见吗？只怪你用另一种方式想象上帝。

纳塔纳埃尔，唯独不能等待上帝。等待上帝，纳塔纳埃尔，就是不明白你已经拥有上帝了。不要把上帝和幸福区分开，你的全部幸福要投放在现时。

我的全部财富全带在身上，正像东方妇女带着全部家当到阴间。我在生命的每个瞬间都能感到身上携带着全部财富。这财富并不是许多实物的总和，而是我忠贞不贰的崇拜。我时时刻刻都完全把握自己的全部财富。

你要把夜晚视为白天的归宿，要把清晨视为万物的生长。

但愿你的视觉时刻更新。

智者就是见什么都感到新奇的人。

纳塔纳埃尔哟，你的头脑疲顿，完全是你的财富太庞杂所致，你甚至不知道喜欢哪一样，也不懂得唯一的财富就是生命。生命最小的瞬间也比死亡强大，是对死亡的否定。死亡不过是别的生命的准许证，为使万物不断更新，为使任何生命形成在"此生"表现，都不超过应占据的时间。你的话语响亮时，就是幸福的时刻；其余时间，你听着好了；不过，你一开口讲话，就不要听别人的了。

纳塔纳埃尔，你应当焚毁心中的所有书籍。

回旋曲

——赞颂我所焚毁的

有的书供人坐在小板凳上，

坐在小学生的课桌后阅读。

有的书可以边走边读

（只因是小开本的书）；

有的适于带到森林，

有的适于带到乡村。

有的书我在驿车上读过，

还有的躺在饲草棚里读。

有些书让人相信有灵魂，

另些书让人绝望吓掉魂。

有些书证明确有上帝在，

而别些书却证明不出来。

有些书出来不风光，

只能放在私人的书房。

另外一些书却备受

权威评论家的赞扬。

有的书介绍养蜂的学问，

有人就觉得内容太专门。

有的书详尽介绍大自然，

看了就不必出门去游玩。

有些书有识之士不屑理，

却引起儿童浓厚的兴趣。

一些书堂而皇之称选集，

各方面精彩论断收进去。

有些书要让人们爱生活，

另一些作者完稿就轻生。

有的书旨在撒播仇恨种，

也只能收获播种的仇恨。

有些书捧读字字放光芒，

娓娓谈来引人发奇想。

有的书爱不释手如兄弟，

情意真挚活得比我们强。

还有的书文字太奇特，

反复研读其意也难解。

纳塔纳埃尔，什么时候我们才能把所有书籍全烧毁！

有些书不值一文钱，

另一些价值不可限。

有些书大谈帝王与后妃，

另一些只写穷苦老百姓。

有的书语言柔和如细雨，

胜似中午树叶的絮语。

这本书约翰像老鼠啃噬过，

当时他在巴特摩斯岛①，

而我更爱吃覆盆子。

他啃书满腹尽苦涩，

后来就总是生幻觉。

纳塔纳埃尔，什么时候我们才能把所有书籍全烧毁！

光在书本上读到海滨沙滩多么柔软，我看不够，还要赤着双脚去感受……凡是没有体验过的认识，对我都没有用。

我在这世上只要见到一件柔美的东西，就想倾注全部温情去抚摩。大地多情的娇容啊，你的外表鲜花盛开，多么奇妙。深藏着我这渴望的景色哟！任凭我探索游荡的阔野！水畔纸莎草丛生的幽径！俯向河面的芦苇！豁然开朗的林间空地！透过枝叶展现无限前景的平野！我曾漫步在岩石或草木夹护的通道。我观赏过春天展卷。

万象层见迭出

从这天起，我的生命每一瞬间都有新鲜感，都是一种难以描

---

① 巴特摩斯岛为太平洋莱思群岛中一个小岛，相传是圣约翰写《圣经·启示录》的地方。

摹的馈赠。就这样，我处于几乎持续不断的感奋惊愕中。很快我就陶醉了。昏头昏脑地尽情行走。

自不待言，我见到含笑的嘴唇就想亲吻，见到脸上的血、眼中的泪就想吸吮，见到枝头伸过来的果实就想啃上一口。每到一家客栈，饥饿就向我招手；每到一眼水泉，干渴总等着我（在每眼水泉，干渴程度各不相同）；我真想换别的字眼表达我别的欲望：在宽展的大路上行走的欲望；

在绿荫相邀之处休憩的欲望；

在近岸深水中游泳的欲望；

在每张床边做爱或睡觉的欲望。

我向每件事物大胆地伸出手，自认为有权得到我所渴望的对象。（况且，纳塔纳埃尔，我们对事物的欲望，主要不是想占有，而是施爱。）——啊！但愿万物在我面前五彩缤纷，但愿所有美物都修饰装点我的爱心。

第二篇

食粮！

我指望你哟，食粮！

我的饥饿不会中途止步，

得不到满足，它就叫嚷；

大道理不能把它降服，

节食只能给我灵魂营养。

满足啊！我寻找你，

你像夏日黎明一样美丽。

中午甘甜、暮晚清淡的水泉；拂晓时分冰冷的溪流；波浪送来的海风；桅樯林立的海湾；浪声汩汩的岸边的温暖……

啊！假如还有通往平野的道路，还有正午的闷热，田间的畅饮，以及干草垛里过夜的窝儿；

假如有通往东方的道路，有心爱的海上航迹、摩苏尔^①的花园、图古尔特^②的舞蹈、海尔维第^③的牧歌；假如有通往北方的道路，有尼人尼^④的集市、扬起雪尘的雪橇、冰封的湖泊；那么，纳塔纳埃尔，我们的欲望当然不会寂寞了。

一艘艘货船驶入我们的港口，从鲜为人知的海岸运来成熟的水果。快点儿卸下来吧，好让我们终于能品尝。

> 食粮！
>
> 我期待你哟，食粮！
>
> 满足啊，我寻找你，
>
> 你像夏日欢笑一样美丽。
>
> 我知道我的哪种欲望
>
> 都准备好了一份答案。
>
> 我的每种饥饿都等待补偿。
>
> 食粮！
>
> 我期待你哟，食粮！
>
> 我要走遍天涯海角

---

① 伊拉克古城名。
② 阿尔及利亚沙漠中的一片绿洲。
③ 古高卢的东部地区，相当于现今的瑞士。
④ 俄罗斯古城名，即如今的高尔基市。

寻找满足我的欲望。

人世间我所知的最美的东西

纳塔纳埃尔啊！就是我的饥饿。

我的饥饿总是那么忠实，

忠于总是等待它的东西。

令夜莺陶醉的难道是美酒？

令雄鹰陶醉的难道是乳汁？

令画眉陶醉的难道是刺柏子酒？

雄鹰陶醉于翱翔，夜莺陶醉于夏夜，而原野则因炎热而颤抖。纳塔纳埃尔，但愿每一种激情都能令你陶醉。你吃了东西如无醉意，那就表明你还不怎么饿。

每种完美的行为都伴随着快感。由此你就明白你应该去做。我不喜欢有苦劳就邀功劳的人。既然觉得苦，当初何必不干别的事情呢。乐在其中，就表明这事情合适；纳塔纳埃尔，由衷的乐趣是我行动的最重要指南。

我知道我这肉体每天所能期望的快感、我这头脑所能承受的快感。尔后我就入睡，一进入梦乡，就不再管什么天空和大地了。

世间就是有些怪症，

偏要自己没有的东西。

"我们也一样，"他们说，"我们也一样，我们的灵魂肯定要经历巨大的烦恼！"大卫①，你在亚杜兰的洞穴里，渴望喝到那城池中的清水，你叹道："噢！谁能给我送来伯利恒城墙根下涌出的清凉的水？我小时候渴了就喝那里的水，可是现在，我发烧口干舌燥，那水却落到敌人手中。"

纳塔纳埃尔，切莫再想去尝旧日的清水。

纳塔纳埃尔，切莫在未来中寻找过去。要抓住每一瞬间的新奇，不要事先准备你的快乐，要知道，在你有备的地方，会猝然出现另一种快乐。

难道你还不明白，任何幸福都可遇而不可求，就像乞丐一样，你走在路上随时都可能碰见。你若是说你梦想的不是这样的幸福，因而一口咬定你的幸福已经断送，而你只肯接受符合你的道德原则和心愿的幸福，那么你就会处处不幸。

梦想明天是一种快乐，但明天的快乐却是另一样，幸好事实与人的梦想不同；唯其不同，事物才各具价值。

我可不愿意听你说：来吧，我给你准备了这样那样的欢乐。

---

① 古以色列国王。他是伯利恒城耶西的小儿子，勇武绝伦，几经磨难，在国王扫罗死后，受膏为犹太王。他统一犹太各部落，定都耶路撒冷。

我只喜欢意外碰到的欢乐，只喜欢我的声音撞击岩石迸发出来的欢乐，那是为我们奔流的欢乐，既新鲜又强烈，犹如压榨机下汩汩流出的新酒。

我不愿意让我的欢乐经过修饰，也不愿意让书念美女①登堂入室；我亲吻她时，不必擦去吃葡萄留在嘴上的残痕，吻完之后，也不等嘴唇冷却，就喝起甜酒，吃起蜂蜜，连蜂蜡也一块儿吃下去。

纳塔纳埃尔，切莫事先为自己准备任何欢乐。

* * *

只要不能说："好极啦！"你就说："该着！"幸福也就大有希望。

有人把幸福的时刻视为上帝的恩赐。那么其他人呢，认为是谁给的呢？

纳塔纳埃尔，切莫把你的幸福和上帝分割开。

"我感激'上帝'创造了我，假如我不存在，我会怪上帝不存在。不过，我感激的程度不会超过我的怨恨。"

纳塔纳埃尔，谈论上帝一定要自然。

我倒是认为，一旦确认了上帝的存在，大地、人类和我的存

---

① 《圣经》中的人物，即侍候年迈大卫王的美丽使女雅比沙。

在，就是自然的了；然而，令我大惑不解的是，我意识到了这一点竟不胜惊愕。

不错，我也唱过赞美歌，还写了这首

确证上帝存在的回旋曲

纳塔纳埃尔，我要教你了解，最美的诗篇就是无数论证上帝存在的篇章。想必你也明白，在此并不是要重复那些证据，尤其不会单纯地复录。况且，有些只证明上帝的存在，而我们所需要的证据，也能证明上帝是永恒的。

我完全清楚啊！是的，圣安塞姆①早有论证，美妙绝伦的幸运岛②上还有寓言，然而，唉！纳塔纳埃尔，可惜不是人人都能住到那里。

我知道绝大多数人都赞同，

而你，却相信上帝选民中的少数。

证据确凿，就像二加二等于四，

不过，纳塔纳埃尔，不是人人都会算术。

---

① 圣安塞姆(1033—1109)，英国经院哲学学派创始人，他论证过上帝的存在和属性。
② 即西班牙的加那利群岛。

既然证明了上帝的存在，

可是上帝之前还另有主宰。

纳塔纳埃尔，只可惜那时我们不在场，

否则会看到男人和女人如何被创造出来。

他们肯定奇怪出世就不是婴孩，

却像厄尔布鲁士山[①]上的雪松，

生来就有几百年的树龄，

早已厌世地挺立在冲出涧壑的山顶。

纳塔纳埃尔！若是在那里迎接曙光该多好！可是，我们怎么那样懒，还没有起床？难道你那时没有要求出世？啊！换了我，肯定会提出要求……不过，上帝的神灵在洪水上沉睡了悠久的岁月，那时刚刚醒来。纳塔纳埃尔，当时我若是在场，肯定会要求上帝把万物造得大一些，你可不要反驳我说：那时根本觉察不出这种差别。[②]

也可以用目的原因来证明。

但不是谁都认为目的能反证原因。

---

① 欧洲最高峰，位于北高加索。
② "我完全可以设想出另一个世界，"阿尔西德说，"在那里二加二不等于四。""算啦，我看你不行。"梅纳尔克说。——作者原注

有人用对上帝的爱来证明上帝的存在。纳塔纳埃尔，正是因此之故，我才愿意爱一切，把所爱的一切称作上帝。不要怕我举你为例，我也不会从你说起。我爱物胜过爱人，在人世上，我最爱的肯定不会是人类。纳塔纳埃尔，请不要误解，我身上最强烈的感情，肯定不是善良，同样，我也认为善良不是我身上最优秀的品质，更不是我在人类身上所最赞赏的品质。纳塔纳埃尔，爱你的上帝要胜过爱他们。我也一样，懂得颂扬上帝，也为上帝唱过赞美诗，我甚至觉得有时做得过了点。

* * *

"你这样建起一个个体系，就觉得那么有趣？"他问我。

"最能令我感兴趣的东西，莫过于一种伦理，"我答道，"我的精神能在伦理中得到满足，我所尝到的乐趣，总要与此紧密相连。"

"伦理能增加你的乐趣吗？"

"不能，"我说，"只会证明我的乐趣是正当的。"

自不待言，我倒经常希望看到，有一种学说，乃至一个完整有序的思想体系，来解释我的行为；不过也有时，我只能把这视为自己纵欲的庇护所。

＊　＊　＊

纳塔纳埃尔，每件事物都因时而至，应运而生，可以说仅仅因为需要而外化。

树木告诉我："我需要一叶肺，于是我的汁液就化为叶子，用来呼吸。后来呼吸完了，我的叶子就凋落了，但我并没有死亡，我的果实容纳了我对生命的全部思想。"

纳塔纳埃尔，不必担心，我不大赞赏寓言，不会滥用这种形式。除了生活，我不想教你别种智慧。要知道，思考太伤脑筋；我年轻时，就总考虑自己行为的后果，弄得精疲力竭，最后确信，干脆一动不动，才不会犯罪。

于是我写道："只有靠我的灵魂无法排遣的烦恼，我的肉体才能得救。"这句话写出来，连我自己都不明白要表达什么意思。

纳塔纳埃尔，我再也不相信罪孽之说了。

不过你要明白，用许多欢乐才换取这一点思想的权利。自称幸福而又思考的人，才真正称得上强者。

＊　＊　＊

纳塔纳埃尔，每人的不幸，就在于每人总在观察，又让所见之物从属于自己。其实，每个事物重要与否在于本身，而不取决于我们。让你的眼睛化为所见之物吧。

纳塔纳埃尔，此后哪怕写一行诗，我也不能不把你这美妙的名字写进去。

纳塔纳埃尔，我要让你诞生在生活里。

纳塔纳埃尔，你是否充分领会我这话的深情厚谊？我希望更加靠近你。

就像那以利沙①，他要让那书念美女的儿子复活，就"俯卧在那孩子身上，嘴对着嘴，眼睛对着眼睛，手贴着手"。——我的整个身子趴在你身上，我这颗光芒四射的伟大的心，紧紧贴着你那颗仍然混混沌沌的灵魂，同时嘴对着你的嘴，额头顶着你的额头，滚烫的手握住你冰凉的手，而我怦怦直跳的心……（"于是，孩子的体温又缓过来……"《圣经》中写道。）好让你在快感中苏醒过来，然后抛开我，去投入充满激情的放荡生活。

纳塔纳埃尔，这就是我心灵的全部热情——你带走吧。

纳塔纳埃尔，我要教你热情奔放。

纳塔纳埃尔，不要停留在与你相似的事物旁边，切莫停留，纳塔纳埃尔。一旦环境变得与你相似，或者你变得像环境了，那么环境就对你不利了。你必须离开。对你最危险的，莫过于你的

---

① 《圣经·旧约》所载的犹太先知。

家庭、你的居室和你的过去。你只吸取每件事带给你的教益，只接受那事物流淌出直至流干的惬意。

纳塔纳埃尔，我要对你谈谈瞬间。你明白瞬间的存在具有何等力量吗？不是念念不忘死亡，就不能充分评价你这生活最短暂的瞬间。难道你还不明白，没有死亡这一昏惨幽暗的背景来衬托，每个瞬间漫说赫然显现，就是连令人赞叹的一下闪光也不可能吗？

我若不是考虑并确信，我有充分的时间去做事，就绝不肯再做什么了。想干事儿之前，我要先休息，反正有的是时间，也能做其他事情。假如我不知道这种生命形式终有尽头，不知道走完这一生，我就要安息，睡得比每天夜晚我等待的睡眠还要深沉，还要忘乎所以……那么我无论做什么都无所谓。

* * *

我就这样养成了习惯，总把每一瞬间从我一生中分离出来，以便获取一种独立而完整的欢乐，将一种完全特殊的幸福蓦地集中在这瞬间，以致事情刚过我再一回想，简直认不出自己来了。

* * *

纳塔纳埃尔，直截了当地肯定，就是一大乐趣，譬如说：

棕榈的果实叫海枣，这是一种美味佳肴。

棕榈酒叫拉格蜜，是用棕榈树汁液酿造的；阿拉伯人见了这种酒不要命，我却不大爱喝。在瓦尔达①的美丽花园里，那个卡比利亚②牧人请我喝的就是一杯拉格蜜。

＊＊＊

今天早晨，我在水泉公园小径上散步，发现一株奇异的蘑菇。

那蘑菇裹一层白色外壳，好像橘红色的木兰果，上面还有规则的灰色花纹，显见是内部分泌出来的孢粉形成的。我掰开一看，里面灌满泥浆似的物质，中心凝结一块透明的胶体物，散发出一股令人作呕的气味。

那蘑菇周围，还有一些长开的蘑菇，酷似老树干上常见的那种蕈状赘生物。

（这是我动身去突尼斯之前写的，现抄录给你，要向你表明：随便一物只要我一注视，对我来说它就多么重要了。）

翁夫勒尔③（街头）

有时我觉得，我周围的人奔波忙碌，只是为了给我增加自身活力之感。

---

① 阿尔及利亚地名。
② 阿尔及利亚地名。
③ 法国西部海港城市。

昨天我在这里，今天在那里；

天啊！那些人同我有何关系，

他们说呀，说呀，喋喋不休：

昨天我在这里，今天在那里……

我也知道有些日子，我只要念叨"二加二还等于四"，就觉得心里充满某种至乐——只要看我的拳头放在桌子上……

可是另一些日子，我就觉得它完全无所谓了。

第三篇

博尔热兹别墅

这个小喷水池……(黑黝黝的)……每滴水、每道光线、每个生物都快意地沉没。

快意！这个词，我愿意不断地重复，把它当作"生趣"的同义词，甚至干脆称作"生活"。

啊！上帝没有单纯为此创造世界，就是因为人们只要喃喃一说就能明白……

这是清爽宜人的地方，在这儿睡觉其乐无穷，似乎在这之前谁也没有体验。

那儿还有美味的食品，等着我们饥肠辘辘。

亚得里亚海（凌晨三时）

缆绳间水手的歌声，搅得我心烦。

啊！异常古老而又特别年轻的大地，你若是知道，你若是知道，如此短暂的人生又苦又甜、妙不可言的滋味！

表象的永恒观念，你若是知道，临终等死，能赋予瞬间以多大的价值！

春天啊！一年生的植物，娇嫩的花朵开谢那么匆匆。人生只有一个春天，追忆某次欢乐，不等于又接近幸福。

菲索尔山冈

美丽的佛罗伦萨，值得认真考察的城市，富丽的花都，还特别庄严；爱神木的种子、"修长月桂枝"的花环。

万奇格利亚塔山冈。在那里，我第一次观赏到云彩在碧空中消散的情景，不禁十分惊讶，心想云彩不可能在空中消逝，本以为会越积越厚，直到下起雨来。情况完全不同，但见云彩一片接一片消失，最后晴空万里。这是奇妙的死亡，消逝在虚空里。

罗马，平奇奥山

那天令我愉悦的，是类似爱情的东西，但又不是爱情，至少不是男人谈论并追求的那种爱情，也不是所谓的美感。那感觉不是来自女人，也不是来自我的思想。如果说那仅仅是光引起的激情，我还要写出来吗，写出来你能理解吗？

当时我坐在这花园里，不见太阳，但是空中弥漫着光芒，仿佛天空的碧蓝色化为液体，化为霏霏雨丝。不错，空中布满光波和光的涡流，像雨点溅起的水泡闪闪发亮；不错，在这条长长的绿荫路上，光仿佛在流动，流泻的光给枝头挂满金色的泡沫。

······

那不勒斯。一家小理发店，面向大海和太阳。码头烈日炎炎，挑帘而入，放松一下，能舒服很久吗？心神恬然。鬓角挂着汗珠，面颊上肥皂沫微微颤动。刮完胡子再修脸，换上一把更快的剃刀。又用浸透温水的一小块海绵揉皮肤，提起嘴唇，修得很细。然后用淡淡的香水抹去剃刀留下的灼痛，再搽上一点香脂，进一步缓解灼痛。我还是不想动弹，便干脆接着理发。

阿马尔菲（夜间）

夜晚一阵阵等待，

不知等待什么爱。

海上的小屋，海上明月，明晃晃的把我照醒。

我走到窗口，还以为天亮了，想观赏日出……其实不然……是月亮（已是十分圆的满月），月光却那么柔和，那么柔和，仿佛为海伦迎接第二个浮士德。大海苍茫。村庄死寂。深夜一只犬

041

吠……挂着破布帘的一扇扇窗户……

没有人的位置。再也无法想象这一切怎么还会醒来。那狗拼命哀号，天再也不会亮了。辗转难寐，你会做出这种或那种举动吗？

你会去那寂无一人的花园吗？

你会跑到海滩洗浴吗？

你会去采摘月光下呈灰色的橘子吗？

你会去抚慰那只狗吗？

（多少次我感到大自然要求我有所举动，而我却不知道究竟该干哪一件。）

等待迟迟不来的睡意……

* * *

一个小孩尾随我到这围墙里的花园，他紧紧抓住轻拂扶梯的枝条。扶梯通向花园边上的平台——乍一看无法进入。

啊！小脸蛋儿，我在树下抚摩，多浓的绿荫也遮不住你的光彩，发髻投在你额头上的阴影，总显得更加幽暗。

我要拉着藤条和树枝下到花园里，我要在充满鸟叫胜似大鸟笼的小树丛，动情地大哭一场；一直哭到黄昏，哭到夜色给神秘的泉水染成金黄，进而使之变得幽深。

树枝下偎依着娇嫩的身体，

我敏感的手指触摸他光亮的肉皮；

我看见他那双小脚，

踏在细沙上悄无声息。

锡拉丘兹

平底小舟。天空低垂，有时化作暖雨降到我们身上。水草间散发出淤泥的气味，草茎沙沙作响。

水特别深，则不显蓝色泉水的汩汩喷涌。万籁俱寂。在这僻静的乡间，在这天然的喇叭口状的水潭中，喷泉宛如纸莎草间开放的水花。

突尼斯

天空一碧，唯有一点白，恰似风帆，唯有一点绿，恰似风帆水中的倒影。

夜。戒指在黝黯中熠熠闪光。

月光下漫步，思绪又不同于白昼。

荒径月光惨淡。墓地野鬼游魂。赤足踏在青石板上。

马耳他

天色还亮，已无日影，夏日暮晚沉醉在广场上。十分独特的激情。

纳塔纳埃尔，我要向你描述我见过的最美的花园。

在佛罗伦萨，到处在卖玫瑰花：有些日子，芳香弥漫全城。每天傍晚，我在卡西纳散步，到了星期天，则去无花的博博利花园。

在塞维利亚，靠吉拉尔达河畔有一座古老的清真寺，庭院里橘树相互对称，其余地面铺了石板。太阳当空的日子，人站在那儿，只投下一个矮小的影子。庭院呈正方形，四周高墙环绕，十分优雅之境，何以如此，我也无法向你解释。

城外有一座围着铁栅栏的大园子，栽植许多热带树木，我没有进去过，但隔着铁栅栏张望，看见珠鸡在里边乱跑，我想那里驯养了不少动物。

关于阿尔卡扎尔，又对你讲点什么呢？那是一副波斯奇景的花园，我向你讲述的时候，还觉得，我喜欢那花园胜过任何园子。我一边回想，一边吟诵哈菲兹的诗：

> 葡萄美酒伊斟来，
>
> 溅满袍襟乐开怀；
>
> 只因情深难自持，
>
> 人称智叟何足怪。

小径有喷泉装置，路面铺了大理石板，两旁长着爱神木和柏树，还有大理石砌成的水池，是后妃们沐浴的地方。园中唯有玫瑰、水仙和月桂，不见别种花卉。花园里端挺立一棵参天大树，可以想见上边因了一只夜莺。靠王宫还有些水池，品位极低，就像慕尼黑住宅区庭院中的水池，池边的雕像全是贝壳做成的。

也正是在慕尼黑御花园里，有一年春天，我品尝了五月草冰淇淋；旁边就是不停吹打的军乐队，听众虽非高雅之士，但都是音乐迷。夜晚迷醉在夜莺哀婉的歌声中，那歌声好似一首德国诗，令我惆怅。快乐一过了限度，就会流泪。这些花园的乐趣，恰恰使我痛苦地想到——本来我也可以到别处去。就是这年夏天，我学会了特意领略高温的滋味。眼皮格外敏感。记得一天夜晚乘火车，我走到敞着的车窗口，只想体味清风的吹拂。我闭上眼睛，但不是养神，而是要体味。闷热了一整天，晚风虽还带着热气，但吹在我热辣辣的眼皮上，却有清凉舒畅之感了。

在格拉纳达①，我去热内拉利夫平台，未见栽植的夹竹桃开花；同样，在比萨大公墓和圣马克小隐修院，本想观赏玫瑰，也没有如愿。倒是在罗马游平奇奥山时，正逢鲜花盛开的季节。下午天气闷热，许多人上山寻找阴凉的去处。我就住在附近，每天

---

① 西班牙格拉纳达省首府。

上山游玩。当时我正患病，什么也不能思索，精神恍惚，任由大自然之气沁人身心，有时感觉不到躯体的限度，仿佛扩展到很远，还有时觉得躯体十分畅快，仿佛变成多孔的糖块，渐渐融化了。我坐在石凳上，望不见令人疲惫不堪的罗马城了。居高临下，博尔热兹花园尽收眼底，稍远处最高的松树梢儿，也只到我的脚下。啊！平台，空间由此延展。嘿！凌空畅游！……

我真想夜间去法尔内兹那些花园里游荡，可惜人家不让进去。草木特别茂盛，掩蔽了那里的废墟。

在那不勒斯，有些花园地势低洼，沿海边像堤岸一样，阳光直射进去。

在尼姆，水泉公园布满清水渠。

在蒙彼利埃植物园，还记得一天傍晚，我和昂布鲁瓦兹坐在翠柏环绕的一座古墓上，如同在阿卡德缪斯花园里那样，一边悠闲地聊天，一边嚼着玫瑰花瓣。

一天夜晚在拜鲁，我们眺望月下波光粼粼的大海，该城水塔就在附近，流水声哗哗不断，平静的水池上游弋着镶白羽边的黑天鹅。

在马耳他，我去官邸花园里看书；老城有一小片柠檬树，当地人称"小树林"，我们喜欢去那里，摘下熟了的柠檬，一口咬下去，酸得受不了，但口中却留下清爽的余香。在锡拉丘兹惨不忍

睹的采石场 ①，我们也吃过柠檬。

在海牙公园，一些经过驯化的黄鹿来来往往。

从阿佛朗什公园望圣米歇尔山，到了黄昏时分，远处的沙滩好似燃烧的物质。一些很小的城镇也有迷人的花园。你会忘掉那城镇，忘掉那名称，但你会渴望再去观赏那花园，可惜找不到重游之路了。

我梦想摩苏尔那里的花园，听说园中开满了玫瑰花。还有欧玛尔 ② 歌颂过的纳什普尔的花园、哈菲兹歌颂过的设拉子的花园。我们永远也见不到纳什普尔花园了。

不过，在比斯克拉，我领略了瓦尔迪那些花园，孩子们在那里放羊。

在突尼斯，除了墓地没有别的花园。在阿尔及尔实验园 (栽植各种棕榈)，我吃了从未见过的水果。至于卜利达，纳塔纳埃尔，我对你说些什么呢？

多么柔嫩啊，萨赫勒的青草！还有你那盛开的橘花，你那浓荫！多么芬芳啊，你那些花园的气息！

卜利达！卜利达！小玫瑰花！初冬时节，我没有认出你来。你神圣的树林，树叶常青，无须春天来更新；你的紫藤和常春藤，却好似用来烧火的枝条。山上的积雪滑下来，快要接近你。我在

---

① 拉托米采石场古时是锡拉丘兹的国家监狱。
② 欧玛尔·海亚姆 (约 1047—1122)，波斯诗人和数学家。

房间里都暖和不过来，更何况在你多雨的花园里。当时我正读费希特的《科学原理》，真觉得自己又虔诚起来。我变得十分温和，常说人应当安于忧伤的日子，并力图把这奉为美德。现在，我抖掉便鞋上的灰尘，让风吹到何处，谁又晓得呢？我曾像先知一样，游荡在荒漠的灰尘里；干燥风化的石头，在我的脚下滚烫（烈日暴晒的缘故）。现在，让我的双脚在萨赫勒的草地上停歇！但愿我们讲的全是情话！

卜利达！卜利达！小玫瑰花！我看见你温煦而芳香，绿叶成荫，花开满枝头。冬雪早已逃逝。在你神圣的花园里，洁白的清真寺闪着神秘的光辉。繁花压弯了常春藤，紫藤的一串串花朵，竟覆盖了一棵橄榄树。空气甘美，送来一阵阵橘花的芳香，就连纤弱的柑橘树也香气扑鼻。老树皮从桉树高高的枝丫上脱落，已然丧失了保护作用，犹如天气转暖脱掉的厚衣服，又像我那过了冬天就没价值的陈旧道德。

卜利达

初夏早晨，我们漫步在萨赫勒。路边茴香粗壮的茎梗显得无比壮丽（在金色的阳光下，或者在静止不动的桉树的绿荫下，茴香的茎梗黄里透绿，的确又鲜嫩又丰茂）。

还有那些或者惊讶或者沉静的桉树。

万物无不参与大自然，哪一种也不可能脱离。这是包罗万象的自然法则。列车在黑夜中奔驰，到凌晨则披上一身朝露。

船　上

多少夜晚啊！我对着圆圆的玻璃，我这舱室紧闭的舷窗，多少夜晚啊！我躺在铺位上向你张望，心中暗想：瞧着吧，等这只眼睛发白，那就要到黎明，我就起床，抖掉浑身的不适；黎明也要洗净大海，我们就将踏上陌生的土地。天已黎明，大海仍未平静，陆地还很遥远；我的神思在起伏摇荡的海面上颠簸。

整个躯体都记得波涛颠簸之苦，我想道：我要不要将一缕思绪挂到那摇晃的主桅杆上？波浪，难道我只能看见海水在晚风中飞溅吗？我将自己的爱撒播在波浪上，将自己的思想撒播在万顷波涛的荒原上。我的爱跃入前推后涌、前后相似的浪涛中。波浪过眼就认不出来了，而没有定形的大海，总是起伏动荡；远离人类，你的波涛无声无息，但流动不止，是任何力量也阻止不了的。这一片沉寂也无人听见。波涛已经撞击单薄的小舟了，那撞击声还让我们以为是风暴在怒吼呢。惊涛骇浪向前推涌，持续不断而又悄无声息。波涛前后相随，轮番掀起同一处海水，却几乎没有使其推移。只有波涛的形状在运行，海水由一道波浪涌起，随即脱离，从不逐浪而去。每个浪头只在瞬间掀动同一处海水，随即穿越而过，抛下那处海水，继续前进。我的灵魂啊！千万不要依恋任何一种思想！将你每个思想抛给海风吹走吧，绝不要带进天国。

奔涌不息的浪涛，是你们使我的思想如此动摇！你在波浪上什么也不能建造，波浪一遇压力就逃之夭夭。

到处漂流了这么久，令人沮丧，会不会抵达温馨的港湾呢？让我的灵魂抵港，终于得到安歇，然后站在旋转灯塔旁边的坚固堤坝上，再回首眺望大海吧。

第四篇

一

　　那天晚上，我们在佛罗伦萨

　　小山（正对着菲索尔山冈）上的花园里聚会。

　　"昂盖尔、伊迪埃、蒂梯尔，"梅纳尔克说道（纳塔纳埃尔，现在我以个人名义向你转述他的话），"你们不知道，也不可能知道，燃烧我青春的是什么激情。眼见时光流逝，我心里十分恼火；必须做出选择，我也总觉无法忍受。在我看来，选择，与其说是取舍，不如说是摈弃我没有选的东西。我惶恐地发现时光的狭隘性，发现时间仅有一维，不是我所希望的宽阔跑道，而是一条线，我的各种欲望跑在上面，势必相互践踏。我只能如此；要么干这，要么干那。我干了这个，很快就懊悔没有干那个，结果无所适从，往往什么也不敢干了，就像手臂始终张开，唯恐合抱只抓住一件东西。由此铸成我的终生大错：自己下不了决心放弃许多其他东西，就不能持续地进行任何研究。获取任何东西，要付这样的代价，都太不合算了。无论怎样推理分析，也消除不了我的烦恼。走进欢乐的市场，而手中只有几个小钱（托谁的福？）可供支配。支配！选购，就意味放弃，永远放弃其他一切，而这其他一切却是大量的，比任何单个的东西更可取。"因此，我有点憎恶世间的任何占有，唯恐此后就只能占有这一样了。"

"商品！食品！多少新发现！为什么就不能毫无异议地供人享用呢？我知道世界的财富正在枯竭（尽管有无穷尽的替代物），也知道我喝了这杯水，就只给你剩个空杯子了，我的兄弟（尽管水泉就在附近）。然而你们！你们这些非物质的思想！你们这些不受拘束的生活方式、科学、关于上帝的认识、一杯杯真理，喝不干的杯子，你们为什么还讨价还价，不肯多给我们嘴唇几滴呢？其实我们再怎么渴，也不会把你们喝干；你们的水喝下去又满溢，总那么清凉，接待每一张新伸过去的嘴唇。——现在我领悟了，这个巨大的神泉的每滴水都是等价的，一小滴喝下去就会沉醉，就会向我们显示上帝的全部和整体。然而此时此刻，我的痴心妄想，有什么不渴望呢？我羡慕一切生活方式，看到别人无论干别的什么事，我都想自己也干去，听明白了，不是希望干过，而是去干，因为我很少怕苦怕累，认为苦和累是生活的教诲。我有三周妒忌巴门尼德①学土耳其语，两个月之后又妒忌发现天文学的狄奥多西②。我总不愿意限定轮廓，结果给自己勾勒的形象极为模糊，极不确切。"梅纳尔克，"阿尔西德说，"给我们谈谈你的生活吧。"

梅纳尔克便接着说道："……我十八岁完成了初级阶段的教育，不想干事儿，心没着没落，整个人无精打采，躯体也受不了那份限制，我就干脆出走，漫无目的地游荡，消耗我那一腔热情。你们所知道的事物，我全体验了：春天、大地的气息、田野盛开的野花、河面上的晨雾、牧场上的暮霭。我穿过一座座城镇，在哪儿也不想停留。我常想，幸福属于那些在世上无牵无挂的人，他们总是流动，怀着永恒的热忱到处游荡。我憎恶家园、家庭，憎恶人寻求安歇的所有地方，也憎恶持久的感情、爱的忠贞，以及对各种观念的迷恋——一切损害正义的东西。我常说：我们应当全身心准备好，随时接受新事物。

"书本给我们指出每种短暂的自由，指出所谓自由，无非是选择自己的奴役地位，至少选择如何虔诚。就像菊科植物的花籽，四处飘荡，寻找肥沃的土壤，好扎根生长，唯有固定不动，才能开花结果。然而，我在课堂上学过，推理引导不了人的行为，每

---

① 巴门尼德（约公元前 515—前 440），古希腊哲学家，著有《论自然》，认为生物是持续而永恒的。
② 大概指亚历山大的狄奥多西（？—566），基督教神学家，基督一性论派领袖。

种推理都有对应的驳论，只需找到就行了。我在漫游的路上，就常常专心寻找驳论。

"我生活在妙不可言的等待中，等待随便哪种未来。我深知，就像疑问面对早已等在那里的答案一样，面对每种快乐而产生要享乐的渴望，总要先于真正的享乐。我的乐趣就在于每眼水泉都引我口渴；同样，在无水的沙漠里焦渴难忍的时候，我还是愿意受烈日的暴晒，以便增加我的焦渴。傍晚到了神奇的绿洲，那种清爽之感，又因盼望了一整天而格外不同。在浩瀚的沙漠中，烈日炎炎，温度极高，空气微微震颤，我仿佛昏昏欲睡，但又感到无意入睡的生命在搏动，在远处虽然抖瑟衰竭，而在我脚下却充满了爱。

"每天，我时时刻刻都在一心追求，追求深入自然界的更加直接的途径。我有一种可贵的天赋，就是不大自缚手脚。往昔的回忆对我的影响，仅限于使我的一生有个统一性，就好比那条神秘的线，把忒修斯①同他过去的爱情连接起来，但并不妨碍他去观赏新景致。纵然那条线后来断了也无妨……神奇的复生！每天清晨一上路，我常常体味新生的感觉，体味新生感觉的温馨。——'诗人的天赋，'我叫起来，'你天生就有无穷无尽的遇合。'——四面八方我都欢迎，我的心灵是开在十字路口的客栈，谁愿意进

---

① 忒修斯是希腊神话中的英雄，他进迷宫杀死半人半牛怪，得到克里特国的公主阿里阿德涅的帮助，用线团把他引出迷宫。

就进来。我变得特别柔顺，和蔼可亲，我调动起所有感官准备接待，专心致志，什么都能听进去，自己连一点主见都没有了，什么短暂的悸动都能抓住，多么细微的反应都能捕捉，而且，什么也不再视为坏事，更确切地说，什么我也不反对了。况且，不久我就注意到，我对美的钟爱，极少建立在对丑的憎恶上。

"我憎恨厌倦的情绪，深知那是无聊所致。我主张人要追求事物的多样性。我居无定所，有时睡在田间，有时睡在田野。我看见晨曦在一行行麦子之间浮动，鸟雀在山毛榉林中醒来。清晨，我用草上的露水洗脸，再由朝阳晒干夜露打湿的衣服。有一天，我看见农夫高唱着歌儿，赶着牛拉的沉重大车，将丰收的粮食运回家。谁说还有比这更美的乡村景象！

"有时，我乐不可支，真想找人谈一谈，说明快乐在我心中永驻的原因。

"傍晚，我在陌生的村庄，观察白天分头干活儿、晚上团聚的人家。父亲累了一天回家来，孩子也放学了。房门开了一阵，迎接光亮、温暖和笑声，然后又关上过夜。一切游荡的东西都进不去了，待在户外萧瑟的夜风中。——家庭，我憎恨！封闭的窝，关闭的门户，怕人分享幸福的占有！有时，我躲在黑夜中，窥视一扇窗户，久久地观察那家人的习惯。父亲坐在灯旁边，母亲在做针线活儿，祖父的座位空着，一个孩子在父亲身边学习。——我心里萌生强烈的愿望，恨不能带那孩子去流浪。

"第二天，我又见到那孩子放学出来；第三天，我同他说了话。四天之后，他便丢下一切跟我走了。我让他大开眼界，饱览原野的绚烂景色，让他明白原野为他敞开怀抱。于是我又传授，让他的灵魂更加喜爱流浪，说到底快活起来，最后甚至脱离我，自己去体验孤独。

　　"我独自一人，品尝自豪的狂喜。我爱在黎明前起床，在山顶牧场上召唤太阳，云雀的歌声便是我异想天开的翅膀，朝露便是我晨起的浴缸。我过分喜欢节食，吃得极少，结果头脑总是轻飘飘的，完全处于微醺的状态。我喝过多种葡萄酒，但我清楚，没有一种使我产生腹饥的这种昏昏然的感觉，大清早就天旋地转，趁太阳还未出来，我就躺在干草堆里睡一觉。

　　"我随身带着面包，但有时等到饿得半昏迷时才吃；于是，我就更加正常地感知大自然，觉得大自然更容易沁入我的身心：外界事物纷至沓来，我敞开所有感官接纳，来者全是客。

　　"我的心灵终于充满激情，而在孤独中，这种激情尤为猛烈；到了傍晚，就弄得我疲惫不堪。我还以自豪的情绪支撑着，但是难免不怀念伊莱尔；前一年他就劝我改一改脾气，否则太不合群了。

　　"我常在傍晚时分同他聊天。他还是个诗人，通晓万物的和谐。自然界的每种现象，都变成一种明快的语言，能让我们领会其原因。譬如：我们从飞行的姿态就能辨别出是什么昆虫，从鸣声能辨别出是什么鸟儿，从女人留在沙滩上的足迹能辨别出她的相貌。他也渴望种种冒险，这种渴望的力量使他变得无所畏惧。不错，我们心灵的青春期啊，什么荣耀也不能同你相比！我们畅想，憧憬一切，竭力抑制欲望也是枉然。我们的每种想法都是一股热情，感知事物对我们是一种奇异的刺激。我们消耗着绚丽多彩的青春，期待着美好的未来，一点也不觉得通向未来的道路有多么漫长，只管大踏步地向前进，同时咀嚼着树篱上的野花，嘴里充满一股甜美的味道和留有余香的苦涩。

"有时，我又路过巴黎，回到我度过勤学童年的那套房屋，小住几天或逗留几小时。屋里寂静无声，没有女人料理，衣物都胡乱丢在桌椅上。我端着灯，逐个察看房间，不想推开关闭多年的百叶窗，也不想拉开散发樟脑味的窗帘。屋里空气滞浊，有一股霉味。只有我的卧室还可以住人。在几间屋里，书房最昏暗也最寂静，书架上和书案上的书籍，仍然保持当初的排列。有时我翻开一本书，坐在灯前阅读——虽是白天还要点灯——很高兴忘记了时间；有时我也打开大钢琴，从记忆中搜索旧曲的节奏，只想起零星的片断，便住了手，以免过分伤感。次日，我离开巴黎，又流浪到远方。

"我天生一颗爱心。这颗爱心好似液体洒向四面八方。我觉得哪一种快乐都不是我个人的，要同邂逅的人共享。我一人独享的时候，也是过于自豪的缘故。

"有些人指责我自私，我就指责他们愚妄。我的本意，绝不爱任何人。无论男人还是女人，但我钟爱友情、亲情和爱情。我的爱仅仅是奉献，不是给予一个人而剥夺另一个人的。同样，我也不想独占任何人的肉体或心灵；在这方面也像在自然界那样，我到处流浪，哪儿也不停留。在我看来，任何偏爱都是不公正的；我要把自身交给大家，绝不交给某个人。

　　"我回忆每座城市，总要想起一次纵乐的情景。我在威尼斯参加过几次化装舞会，还在一只小船上尝到爱的欢乐。由提琴和笛子组成的一支小乐队伴奏，那小船后面还跟随几只小船，满载年轻女子和男人。我们驶向丽都，去那里迎接黎明。然而，旭日东升时，音乐早已停止，我们都疲倦地睡着了。就连虚假的欢乐给我们留下的这种疲惫，就连醒来我们感到欢乐已凋残的这种眩晕，我也都喜爱。我乘大船到别的港口，同水手们一起上岸，走进昏暗的小街，心中又开始责备自己不该产生这种渴望，去体验那唯一的诱惑。于是，到了那些低级下流的酒吧附近，我就丢下水手们，独自回到宁静的码头。夜晚静下心来，又想起那些小街，在遐想中，仿佛还听见那里传来的奇特而激动的喧哗。我更喜欢田野那些珍宝。

　　"然而，到了二十五岁，我明白，或者说我确信自己终于成熟了，该选择一种新的生活方式；发生这种变化，倒不是因为我厌倦了旅行，而是由于在流浪中过分增长的自尊心造成的苦恼。

"'为什么？'我问他们，'为什么你们还要我去远游？我当然知道路边的野花又开了，不过，那些鲜花现在等待的是你们。蜜蜂采蜜只有一段时间，然后就酿蜜了。'——我回到被遗弃的故居，从家具上拿掉衣物，打开窗户，再用流浪期间节衣缩食省出的一笔积蓄，买了许多珍玩、花瓶一类易碎的小摆设、珍本书籍，尤其凭着绘画的知识，以极低的价格买了一些画。十五年间，我像守财奴一样拼命积攒，不遗余力地充实自己，勤奋自学，掌握几种古代语言，阅读许多书籍，还学会弹奏多种乐器。每天，每一小时，都要花在卓有成效的学习上，尤其爱钻研历史和生物学，还熟悉各国文学。我广结友谊，况且，我博大的心灵和高贵的出身也不容我回避，我比什么都珍视友谊，但又绝不依附。

　　"五十岁那年，我瞧准机会，卖掉了所有东西。我凭着扎实的鉴赏力和对每件物品的了解，每件物品都卖出好价钱，两天之内就收入一大笔钱。我把钱存入银行，以确保长久的开销。什么都卖光，任何个人的东西也不留在世上，一点点往日的念心儿也不留。

　　"我对常陪我到田野散步的米尔蒂说：'像今天这样迷人的清晨，这雾气、这天光、这清新的空气，还有你这生命的搏动，你若能全身心投入进去，得到的乐趣不知要大多少倍。你似为乐在其中了，其实，你的生命最美好的部分被幽禁了，被你妻子、孩子、你的书本和学业攫取，并从上帝那里窃取走了。

"'你以为在眼前这一瞬间，就能直接、完全而强烈地感受生活，同时又不忘记生命之外的东西吗？你受生活习惯的束缚，生活在过去和未来中，不能凭本能感觉什么。米尔蒂，我们算什么，无非存在于这生命的瞬间；任何未来的东西还未降临，整个过去就在这瞬间逝去了。瞬间！你会明白，米尔蒂，瞬间的存在具有多大力量！因为，我们生命的每一瞬间，都根本无法替代。但愿有时你能专注于瞬间，米尔蒂，你若是愿意，而且能做到这一点，在这一瞬间不再牵挂妻室儿女，那么你在人间就单独面对上帝了。然而，你忘不了他们，总背负着你的全部过去，背负着你的全部情爱，以及在人间的全部牵挂，生怕这些失去似的。至于我，我的一切情爱，时刻在等待我，会给我一个新的惊喜；这种情爱，我始终了解，但是换个场合就认不出来了。要知道，米尔蒂，上帝以各种形式出现，专注一种形式，并且迷恋上，你就会迷住双眼。你的喜爱太专一，我看着真难受，但愿你能分散一些。你关闭的每扇门外，无不站着上帝。上帝无论以什么形式出现，都是值得珍视的，万物都是上帝的形体。'

"……我卖东西得到一笔钱之后，首先装备了一条船，带了三位朋友、几名船员和四名见习水手出海。我爱上了其中长得最不好的那个。不过，尽管他的抚摩非常温柔，我还是更喜欢观赏汹涌的浪涛。傍晚，我们驶进神奇的港湾，有时整夜寻欢作乐，天亮之前又离开。我在威尼斯认识一名佳妙无双的烟花女子，同她行乐三个夜晚；只因她长得太美了，我在她身边，就把我其他艳遇的情欢抛到九霄云外了。我那条船就是卖给了她，或者说送给了她。

"我在科莫湖畔的豪华别墅住了几个月，请来最文雅的乐师，还招来善于言谈又行事谨慎的美女。晚上，我们边聊天边听美妙的音乐，然后走下靠地面几级已被夜露打湿的大理石台阶，登上小船游荡，我们在情欢在节奏恬静的桨声中进入梦乡，归途中有时还睡意蒙眬，直到小船靠岸才猛然惊醒，偎在我怀中的伊多爱娜便悄然踏上岸边的石阶。

"第二年，我到旺岱，住在一座大园子里，请来三位诗人同住。他们歌颂我的款待，也吟诵有鱼儿水草的池塘、白杨林荫路、独立的橡树、丛生的榛树，以及园子的美观布局。秋季一到，我就叫人放倒园内的大树，特意把自己的居所搞成一片荒芜。园子变得面目全非，我们一大群人在里面闲逛，走在荒草丛生的林荫路上，无论走到哪儿都听得见伐木的斧声。横在路上的树枝常常剐住衣裙。伐倒的树木展现斑斓的秋色，真是无比绚丽，很久之后我还不想任何别的景象，须知我从那秋色看出自己的暮年晚景。

"此后，我到上阿尔卑斯省的一间小木屋住了一段时间，又去马耳他，住进一座白宫里，附近是老城的香树林，林中的柠檬像橘子一样又酸又甜；还坐在马车上漫游过达尔马提亚岛；再就是现在这座花园，坐落在佛罗伦萨小山上，正对着索菲尔山冈，今天晚上我邀请诸位来此聚会。

"请不要一口咬定对我说，我的幸福纯属机缘巧合：我固然有不少机遇，但是并没有利用。也不要认为我的幸福是靠财富实现的：须知我的心灵在世上无牵无挂，始终一无所有，我可以毫无留恋地死去。我的幸福基于奔放的热情。我狂热地崇拜，不加区别地穿越一切事物。"

二

我们登临的那座巨大的平台，从旋梯可以上去，它俯瞰全城，好似停泊在繁枝密叶之上的一艘巨轮，有时就像正驶往市区。这年夏天，等市井的喧嚣平息之后，我时常登上这艘臆想的轮船的高层甲板，品味夜晚凝思的恬静。嘈杂无声，升上来无不衰竭，犹如波涛汹涌，滚滚而至，高高的浪头扩展开来，拍击着墙壁。但是，我越爬越高，浪头再也打不到了。在平台的极顶，耳畔只有树叶的沙沙声以及黑夜热切的呼唤了。

碧绿的橡树和高大的月桂树，整齐地排列在林荫路两侧，高矗入天，树梢儿伸到平台边缘；不过，平台的圆形栏杆有几段突出去，仿佛悬在蓝天的阳台。我就是到那突出的部位坐下，一时浮想联翩，真以为是乘船航行。在城市另一侧黝黯的山峦之上，天空一片金黄色：细细的树枝从我所在的平台伸向灿烂的夕阳，还有几乎光秃秃的枝条冲向黑夜。城中仿佛烟雾缭绕，那是反光的尘土升到明亮的广场上空飘浮。在这高温的迷离夜色中，有时不知从哪儿放起一枚烟花，仿佛一声呐喊，呼啸着升空，画个半圆，随着一声神秘的爆破，又散落下来了。我爱这烟花，尤爱这一种，只见淡黄色的火星儿自如地散开，慢悠悠地降落，再看美妙的繁星，真以为也是这样突然奇幻产生的，而且那些火星儿散落之后，星星还缀满天空，就不免让人惊奇了……继而，渐渐地又认出每颗星所属的星座，于是心驰神往，久久不已。

"我身不由己，总受各种事件的支配。"约瑟夫又说道。

"活该！"梅纳尔克说道，"我还是喜欢这样看：不存在的东西，就是本来不可能存在的东西。"

三

那天夜晚，他们歌颂果实。梅纳尔克、阿尔西德和几个人聚会。伊拉斯当众吟唱

石榴谣

> 毫无疑问，三棵石榴籽，
>
> 就足以勾引起普洛塞耳皮娜[①]的往事。

---

① 罗马神话中的冥后，宙斯和谷物女神得墨忒耳的女儿。

也许你还要久久地寻觅

灵魂不可能获取的幸福。

肉体的欢乐感官的欢乐，

别人要谴责也不必在乎，

随他谴责，我却不敢评说

肉体和感官的欢乐之苦。

热忱的哲人迪迪埃，我真敬佩，

你坚信自己的思想，并且认为

精神的快乐胜过一切快乐，

但这种喜爱不是人人都能具备。

我当然也爱你哟，

灵魂要命的战栗，

心之乐精神之乐，

肉欲我要歌唱你。

肉体之乐像芳草那样娇嫩，

又像绿篱的鲜花那样迷人，

但是要比牧草更快地枯萎或割倒，

也比一触即谢的绒线菊凋零得早。

视觉——最令我们懊恼的感官，

触摸不到的东西，会令我们遗憾。

我们的头脑容易捕捉思想，

而手却难抓住眼红的东西。

纳塔纳埃尔啊！

但愿你渴求的正是触摸之物，

不要希图占有更完美的东西。

我的感官最甜美的快乐，

就是已经解饮的焦渴。

毫无疑问，原野日出，

多么惬意呀，晨雾，

多么惬意呀，阳光，

多么惬意呀，赤脚下湿润的地面，

多么惬意呀，海浪打湿的沙滩；

还有在黑暗中亲吻的陌生嘴唇……

然而果实，纳塔纳埃尔，

果实，叫我怎么说呢？

你还没有尝到果实的滋味，

纳塔纳埃尔，正是这一点，

令我大失所望。

果肉细嫩而又多汁，

像带血的肉一样鲜美，

像流血伤口一样殷红。

果实并不声称特别解渴，

纳塔纳埃尔，

只盛在金丝篮中供人食用。

刚吃没味道，有点倒胃口，

不同于世界任何水果，

有点像熟透的番石榴，

果肉仿佛熟过了头；

吃完嘴里留下一股酸涩，

要消除酸涩应再吃一个；

只有吮吸果汁的瞬间，

才会领略美味的快感；

再想那乏味更觉恶心，

而这瞬间也尤觉销魂；

篮中水果很快吃下去，

只剩下最后一个垫底，

大家都不忍再分了吃。

唉！纳塔纳埃尔，

谁能说得准

唇上这苦涩多么难忍？

怎么用水也洗不净。

我们又想吃这水果，

整个心都感到焦灼。

集市上连续找三天，

只可惜季节已过。

纳塔纳埃尔，在浪游中，

在什么地方才能找见

又引起我们欲望的新水果？

有些水果我们在平台上品尝，

面对大海，面对西沉的太阳；

有些水果放进冰淇淋里，

还加少许利口酒和白糖。

有些水果要从树上采摘，

而私人果园四周有围墙，

正是夏天果熟的季节，

一边乘凉一边品尝。

还可以摆上几张小桌，

我们攀着树枝摇几摇，

果子在周围纷纷坠落，

嗜睡的果蝇惊得飞跑。

拾起落果放进大碗里，

我们闻香就馋涎欲滴。

有的果皮能把嘴唇弄脏，

只有渴极了才肯吃点儿。

我们常在沙石路边发现，

果子在叶丛中闪闪发亮，

手去摘时要被叶刺划破，

吃下去也并不怎么解渴。

有的可以用来做成蜜饯，

只需放在太阳下晒干。

有的经冬仍保留酸味，

吃几口就能倒了牙齿。

有的甚至在夏天，

果肉也总有凉意。

大家往往去小酒店，

就蹲在草席上尝鲜。

有的水果再也弄不到时，

一想起来就有口渴之感。

纳塔纳埃尔，

要不要我对你谈谈石榴？

在这东方集市上，

几文钱就出售。

堆在芦席上突然塌方，

只见好些滚落尘埃，

光身的孩子就哄抢。

石榴汁酸溜溜的，

就像未熟的覆盆子。

石榴花似蜡制作，

花色也如同果色。

深藏的珍宝，

蜂巢的隔层，

五角形筑造，

香味浓浓。

果皮开裂，

籽粒脱落，

血红的籽粒，

落进蓝色杯中，

还有金色汁液，

流入彩釉盘中。

西米阿娜，请把无花果歌颂，

只因无花果把爱藏在心中。

于是她说：我来歌颂，

无花果把爱藏在心中。

密室里举行婚礼，

花瓣紧紧合拢；

花香不外溢，

美味不外扩，

全部花香变美味。

朴实无华的花朵，

甜美可口的果实，

果实就是成熟的花朵。

她说：我歌颂了无花果，

你也来赞赞百花吧。

"好吧，"伊拉斯回答，"我们还没有唱完所有的花果。"诗人
的天赋：动不动就大发感慨的天赋。

（在我看来，花的价值，就在于能结果。）

你还没有谈过李子。

树篱上的黑刺李，

经雪一冻甜如蜜。

欧楂要放烂了吃。

枯叶色的大板栗，

火上烤裂才好吃。

"记得有一天，我冒着严寒上山，从雪中采回来越橘。"

"我不喜欢雪，"洛泰尔说道，"那是一种神秘莫测的物质，还没有在大地上扎根。我讨厌雪那种刺眼的白光，把景物全埋没了。雪又那么冷，拒绝生命。我也知道，雪覆盖生命，保护生命，但是要等雪融化了，生命才能复苏。因此，我倒希望雪是灰色的、肮脏的，半融化状态，差不多跟雨水一样浇灌植物。"

"不要这样说，雪也同样很美。"于尔克说道，"雪只因爱得过分而融化的时候，才换上一副愁苦的容颜。你特别喜欢爱情，才愿意雪处于半融化状态。其实，雪在得意扬扬的时候，才显得非常美。"

"我们别争下去了，"伊拉斯说道，"我说：好极啦！你就别说：糟透啦！"

那天夜晚，我们每人都以歌谣体吟唱。莫利贝唱了一支

最著名的情人之歌

苏勒伊卡！为了你哟我才住口，

　　不再饮司酒官给我斟的酒。

鲍阿布迪①，我在格林纳达为了你

　　才给热内拉利夫的夹竹桃浇水。

巴尔基②，你从南方省来让我猜谜语，

　　我却成了苏莱曼③。

他玛④，我是你哥哥暗嫩，

　　因为不能占有你而断魂。

伯特莎贝，我正追一只金鸽，

　　登上我宫殿的最高露台，

　　忽见你要入浴，

　　赤裸着玉体走下来，

　　我就是让你丈夫为我自尽的大卫。

书念美女，我为你歌唱，

　　听来就像宗教的圣歌。

---

① 格林纳达最后一个国王。

② 自《可兰经》问世之后，阿拉伯作家就称赛伯伊国的王后为巴尔基。

③ 即苏莱曼一世 (1495—1566)，奥斯曼帝国苏丹。

④ 他玛和暗嫩为兄妹，是大卫的儿女，暗嫩被他兄弟沙押押龙杀害。

福纳丽娜，我在你的怀抱，

在你怀抱做爱而欢叫。

左贝伊德，我就是那天早晨你遇到的那个奴隶；当时我走在通向广场的街上，头顶着一只空篮子，而你叫我跟随你，叫我装满一篮子枸橼、柠檬、黄瓜、各种香料和糖果。我见你喜欢我，就向你喊累，于是你留我住下，陪伴你两个妹妹和三名出家的王子。我们每人轮流讲述自己的故事，并听别人讲述。轮到我时，我就说道："左贝伊德，同你相遇之前，我的生活没有故事，现在怎么能有呢？你不就是我的全部生活吗？"——顶篮子的奴隶说到这里，便大吃起蜜果（记得小时候，我特别渴望吃到《一千零一夜》中提到的蜜饯。后来我吃到了用玫瑰汁做成的蜜饯，还听朋友说过荔枝蜜饯）。

阿里阿德涅，我是过客忒修斯

把你遗弃给巴克科斯①，

以便继续赶我的路程。

欧律狄刻，我的美人儿，

---

① 罗马神话中的酒神。

我是你的俄耳甫斯①，

让你跟着好不心急，

只因回头望了一眼，

就把你抛在地狱里。

接着，莫普絮斯也唱了一支

不动产之歌

一看河水开始猛涨，

有些人就逃到山上，

还有人心想：淤泥能肥田；

另一些人心想：这回破了产；

还有人什么也不说，什么也不想。

河水已然涨得很高，

有些地方树木还看得见，

还有些地方露出房顶，

钟楼、高墙和远处的山峦，

另一些地方则什么也看不见。

---

① 希腊神话中的歌手，善弹竖琴，去阴间寻找死去的妻子欧律狄刻，用乐声打动冥后。冥后允许他把妻子带回人间，但一路上不得回顾。他快走到地面时，想回头看看妻子是否跟来，结果欧律狄刻又回到阴间。

有些农民将羊群赶上山，

还有些将小孩子抱上船；

另一些随身带上金首饰、

食物、证券和一切生财之物。

还有些农民什么东西也不带，

逃到船上漂洋过大海，

醒来发现到了陌生地，

有的到中国，有的到秘鲁，

还有些再也醒不来。

接着，居兹曼则唱了一支

疾病圆舞曲

在此仅录下最后一段

......

在达米亚特，我患了热症。

在新加坡，我浑身起了白色紫色疱疹。

在火地，我的牙齿全脱落。

在刚果河上，鳄鱼咬去我一只脚。

在印度，我得了一种萎靡病，

全身皮肤绿油油的又透明，

眼睛仿佛变大，充满了伤感。

　　我生活在一座灯火辉煌的城市，每天夜晚都发生形形色色的犯罪案件；然而，离港口不远的海面上，总漂浮着还没有派足苦役犯桨手的桨帆船。一天早晨，我登上一只船出海，总督交给我四十名桨手由我指挥。我们行驶了四天三夜，四十名桨手为我耗尽了惊人的臂力。他们划桨不停地搅动无穷的海浪，这种单调的疲劳动作，消磨了他们好滋事的精力。不过，他们的形象变美了，一个个沉思默想的神态，他们往昔的追忆在无垠的大海上流逝。傍晚，我们驶进一座运河纵横交错的城市，一座金色或灰色的城市，凭其灰褐色还是金黄色，则称作阿姆斯特丹或威尼斯。

四

　　傍晚，阳光灿烂的白昼刚刚结束，天色还没有完全黑下来，在菲索尔山脚下花园，西米阿娜、蒂梯尔、梅纳尔克、纳塔纳埃尔、海伦、阿尔西德和其他几个朋友聚会。那些花园坐落在佛罗伦萨城和菲索尔山之间，早在薄伽丘时代，庞菲尔、菲亚梅达就曾在那里吟唱。

　　天气炎热，我们在平台上吃过点心，又下来漫步在园中绿荫路上，吟唱了一阵，接着在桂树和橡树下徘徊，准备过一会儿，就躺在碧绿橡树掩映的一泓清泉的草地上，长时间休息，消除白天的疲倦。

我从一伙人走到另一伙人，只听见片言只语，不过大家都在谈论爱情。

"但凡情欲都快活，都值得体验。"埃利法斯说道。

"然而，不见得每一种都适于所有人，总应当有所选择。"

稍远处，特朗斯向费德尔和巴希尔叙述：

"我爱过一个卡比尔族女孩。她皮肤黝黑，肌体刚刚成熟，十分完美，在最娇柔，最沉迷的情欢中，能令人困惑地保持庄重的神态。她是我白天的烦恼，夜晚的欢乐。"

西米阿娜和伊拉斯都说：

"那是个经常要给人吃的小果子。"

伊拉斯唱道：

我们有几次小小的艳遇，就像大路边偷吃摘来的小
酸果，真希望再甜点就好了。

我们坐到水泉旁边的草坪上：

……附近夜莺一阵鸣唱，我一时走神儿，没注意听他们的话，现在又听见伊拉斯说道：

"……我的各种感官都有各自的欲望。每次我要回到内心，总发现男女仆人坐满了餐桌，没有给我留下一点位置。贵宾席让渴欲占了，其他欲望也都纷纷争取那个位置，全桌闹得不亦乐乎，但是，所有欲望又联手对付我，一个个喝得醉醺醺的，一看见我走近餐桌，就群起而攻之，把我赶出去，拖到外面。我只好出来，到别处去给我的欲望采摘葡萄。

"欲望！美好的欲望，我要给你们带来压榨过的葡萄，再次给你们斟满巨大的酒杯，不过，你们要让我回到自己的居所，并且在你们醉入梦乡时，让我戴上紫藤和常春藤花冠，用以遮住我这额头的愁容。"

我本人也喝醉了，再也听不清别的谈话。有时，夜鸟停止啼鸣，夜显得格外幽静，仿佛独自一人凝望夜空。有时，我又似乎听见各处是人声笑语，同我们这伙人的谈话声交织在一起。那些声音说道：

> 彼此彼此，我们也经历了心灵的忧烦。
> 种种欲念不让我们塌下心来工作。
> ……
> 这一夏天，我的所有欲念都很焦渴。
> 都仿佛穿越了沙漠，
> 而我却拒绝给饮料喝，

知道喝多了会病倒。

(有的葡萄串上遗忘在安睡，有的葡萄串上蜜蜂在采蜜，还有
的葡萄串上仿佛留住了阳光。)

每天夜晚有一种欲望坐在我床头。

次日黎明我发现它还没有走。

它在那儿守护我整整一通宵。

我走啊走，想把我的欲念拖疲劳，

不料仅仅把我的肉体累坏了。

现在，克勒奥达利兹则唱起：

我的一切欲望圆舞曲

不知昨夜做了什么梦，

醒来我的欲望就渴得不行，

睡梦中它们似乎穿越了沙漠。

在欲念和烦恼之间，

总徘徊着我们的不安。

欲念啊！你们就不会厌倦？

噢！噢！来了这小小的欢乐，

转瞬间就会过去！

唉！唉！我知道如何延续我的痛苦，

可是我的欢乐，却不知道如何驯服。

我的不安在欲念和烦恼之间徘徊。

在我看来，全人类就像个病人，在床上辗转反侧，想休息却怎么也无法入睡。

我们的欲望穿越了许多世界，

却从来没有得到餍足。

又渴望休憩又渴望欢乐，

大自然也挣扎得好苦。

我们在空荡荡的房间，

忧伤地高声呼喊。

我们登上塔楼，

只见到茫茫黑夜。

我们沿着干裂的堤岸，

哀号呼叫跟母狗一般。

我们在奥雷斯山上，像狮子一样怒吼；我们在盐湖岸边，像骆驼一样吃灰色藻类，吮吸空心茎中的汁液，只因沙漠里异常缺水。

> 我们像海燕，
>
> 飞渡了无处觅食的重洋。
>
> 我们像蝗虫，
>
> 为了果腹就一扫而光。
>
> 我们像海藻，
>
> 随着阵阵风暴到处漂荡。
>
> 我们像雪花，
>
> 任凭狂风卷得漫天飞扬。

噢！一死倒好，以求永远安息！但愿我的欲望终于衰竭，不再层出不穷地转生！欲望！我拖着你到处流浪；在田野里我让你凄惶，到了大都市我把你灌醉，把你灌得烂醉，却没有给你解渴；我让你沐浴在月色中，带你漫步，带你乘船在波浪上摇荡，好让你进入水上的梦乡……欲望！欲望！我拿你怎么办？你究竟要干什么？难道你就不会厌倦吗？

月亮从橡树枝叶间露出来，像往常一样，毫无变化，但是很美。现在，他们扎成几堆聊天，我只能零星听见几句。他们好像七嘴八舌，都在谈论爱情，根本不在乎有没有人听。

不久，谈话冷淡下来，而此刻，月亮隐没在橡树的繁枝密叶后面，大家挨着躺在叶子上，听着还喋喋不休的几个男女，但听不明白谈话的内容了，继而，那谈话声更加细微，传到我们耳畔，就混同青苔上溪流的潺潺声了。

西米阿娜忽然站起来，用常青藤做了一个花冠，我闻到撕破绿叶的清香。海伦解开长发，一直垂到长裙上。拉舍尔去采湿青苔，用来润润眼睛好睡觉。

连月光也消失了。我躺着不动，只觉心醉神迷，乃至有点感伤。我没有一起谈论爱情，但等天一亮就走，再去漫游。我头脑倦怠，早就想睡了。我睡了几个小时，天刚亮就上路了。

第五篇

一

多雨的诺曼底大地，驯化的乡野……

你说过：我们将在春天交欢，就在我熟悉的某某树丛下，在长满苔藓而隐蔽的某某地点，在白天的某一时辰，而且天气晴和温煦，去年在那儿鸣唱的鸟儿又去那儿欢唱。——然而，今年春天姗姗来迟，寒意料峭推荐一种不同的快乐。

夏季也无精打采，天气温和。你所盼望的女人没有来。于是你就说：这种种失望，至少秋天会来补偿，会来排遣我的烦恼。我估计她还是来不了，不过，至少树林会染上火红的秋色。有些日子还挺暖和，我就去池塘边上闲坐，去年那里落了许多枯叶。我坐在那里等待黄昏……在另一些日子的傍晚，我要下坡走到映着夕阳余晖的树林边缘。然而，今年秋雨连绵，树木染上霉斑，几乎没有着上秋色。池塘的水漫溢出来，你不可能到岸边闲坐。

* * *

今年，我一直在田间忙碌，观看收割和耕地，眼看着秋季一天天过去。今年不同往年，秋天特别温暖，但是阴雨连绵。快到九月底，一场大风暴整整刮了十二小时，吹干了所有树木的半边。暴风没有刮落的那些树叶，就变成了金黄色。我离群索居，觉得这事儿和世上任何大事件同样重要，值得提一提。

* * *

日复一日，晨昏朝夕，时光流逝。

清晨，有时天不亮我就起床，头脑还迷迷糊糊。唉！秋天灰蒙蒙的早晨！因情绪焦躁而彻底未眠，心灵没有得到休息，醒来疲惫不堪，真希望再睡下，尝一尝死亡的滋味。明天，我就离开这草地覆霜的萧瑟的乡间。狗在地穴里藏了面包和骨头，以备饥饿的日子；同样，我也知道在何处能找到快乐。我知道，在小溪拐弯的洼地有一丝暖风，在木栅栏上方挺立一棵未落叶的金色椴树；碰见铁匠铺的孩子上学，就冲他笑一笑，抚摩他一下；再往前走，能闻到厚厚的落叶的气味；我经过一间茅舍，可以冲一个女人微微一笑，亲一口她的小孩；铁匠铺叮叮当当的打铁声，秋天传到很远……"就这些吗？"——"算啦，睡觉吧！"——

"事情也太微不足道了。"——"而我也太厌倦，不抱什么希望了……"

＊ ＊ ＊

在拂晓前朦胧夜色中启程，实在太遭罪了。灵魂和肉体都瑟瑟发抖，头昏眼花，还得寻找能够带走的东西。"梅纳尔克，你临行的时候，最喜欢什么？"他回答："最喜欢临死的滋味。"

当然，并不是看还有什么东西可以带走，而是放弃多少对我可有可无的东西。唉！纳塔纳埃尔，还有多少东西我们可以卸掉啊！灵魂再怎么卸空了，也不足以满满盛下爱——而爱情、期待和希望，唯有这些才是我们真正的财富。

啊！所有这些我们同样能生活的地方！幸福能繁衍的地方：勤劳的农场、不可估价的农活、劳累、无比安宁的睡眠……

出发吧！我们哪里停下哪里算！……

二　乘驿车旅行

我换下城里装束，以免总保持一种过分庄重的神态。

＊ ＊ ＊

他坐在旁边，紧紧靠着我。我感到他的心跳，便知道他是个活人；小小身躯的体温烤得我热乎乎的。他靠在我肩头睡着了。我听见他的呼吸声，呼出的热气令我难受，但是我不敢移动，怕把他弄醒。他那小小脑袋随着车子颠簸不停地摇晃。这辆车子挤得要命，其他人也都睡着了，在梦中打发残夜。

是的，不错，我体验过爱情，又是爱情，而且还有许许多多；可是，对当时的那种温情，难道我说不出一点体会吗？

是的，不错，我体验过爱情。

* * *

我成为游荡者，就是要接触一切游荡的东西。我怀着一股温情，对待一切无处取暖的东西，我十分热爱一切漂泊不定的东西。

* * *

记得四年前，我在这座小城度过一个黄昏；现在重游，同样是秋季，同样不是礼拜天，同样过了炎热的时刻。

记得那次也像今天这样，我在街上闲逛，一直走到城边，只见那里展现一座平台式花园，俯瞰着这个美丽的地方。

我沿着同一条路走去，认出所有的景物。

我又踏着上次的足迹，重温昔日的激动……有一条石凳我曾坐过。——"就是这儿，我在这儿看过书。""什么书呢？""哦！是维吉尔。""我还听见洗衣妇捣衣的声音。""我听见了。""那时一点儿风也没有……""就像今天这样。"

孩子们放学，从学校出来；记得那天也是。路上过往行人，也像上次那样。那天正值落口，现在恰巧黄昏，白天的欢歌行将止息……

就是这些。

"可是，这还不够做一首诗呀。"

"那就丢开吧。"我答道

* * *

我们有过拂晓就匆忙起来的情况。

车夫在院子里套车。

一桶桶水冲洗铺石街道。压水机井汲水的声响。

一夜思绪纷乱，未能成眠，起来脑袋昏昏沉沉。这地点又得离开；小小的卧室；这儿，我的头曾靠过一会儿；感受过，想过，失过眠。——死了算啦！随便什么地方（一旦命没了，就无所谓在哪儿，而且哪儿也不在）。

多少卧室一次次离开！多美妙啊一次次启程，我从来不愿意临行成为忧伤的场面。想到现在我有这个，心头总要一阵激动。

在这个窗口，我们再凭眺一会儿吧……一瞬间又产生出发的念头。我当即希望出发的瞬间在凭眺的瞬间之前……以便在这快要夜阑的时候，再眺望一下无限可能的幸福。

迷人的瞬间，向无垠的碧空抛了一朵曙光的浪花……

驿车备好了。出发吧！让我刚才所想的一切，跟我一起消失在出逃的迷惘之中。

穿越森林。不同温度气息的区域。最温暖的地段飘溢着大地的气息，最冷的地段散发着腐叶的气味。我又睁开闭着的眼睛。不错，那里是落叶，这里是翻耕的土地……

斯特拉斯堡

啊！"奇妙的大教堂！"——钟楼高耸入云！——在钟楼顶端，就像坐在摇摇晃晃的气球吊篮里，能俯视房顶上的鹳鸟。

正规而不自然，

还有长长的脚，

好似雕刻一般；目光缓缓移动，难得有这种观赏的机会。

旅　店

夜里，我到仓棚里睡觉；

早晨，车夫在草堆里把我找到。

旅　店

……

第三杯樱桃酒下肚，热血冲到我的脑门儿；

第四杯下肚，便有几分醉意，觉得所有物体都向我飘来，伸手可取；喝了第五杯，我所在的房间，这个世界似乎终于变得雄伟，而我的雄伟思想可以更加自由地演变了；

再喝下第六杯，我觉得有点喝累了，便进入梦乡。

（我们感官的所有乐趣，就像幻景一样残缺不全。）

旅　店

我品尝了旅店的浓酒，回味起来有一股紫罗兰的芬芳，让人酣睡了一中午。我也体验过夜晚喝醉的感觉，在你强大的思想重压下，整个大地仿佛摇晃起来。

纳塔纳埃尔，我来对你谈谈醉意吧。

纳塔纳埃尔，最简单的满足，就往往令我沉醉，而且在满足之前，欲望已经使我醉意醺醺了。我在旅途上，首先寻求的不是旅店，而是饥饿感。

　　醉意，由空腹产生，尤其大清早就赶路，那饥饿就不再是食欲，而是眩晕了。行路一直到黄昏，又有焦渴产生的醉意。

　　我饿极了，觉得粗茶淡饭也无比丰盛，就像穷奢极欲的宴饮。我满怀激情，体味我生命的强烈感受。但凡触碰我感官的东西，无不给我带来快感，如同我这可以触摸的幸福。

我也体验过微微改变思想的醉意。记得有一天，我的活跃思想，就像一节节抽出来的圆筒望远镜。总以为抽到最后一根，已经细极了，结果又抽出一根更细的。记得还有一天，我的思想变得十分圆滑，只好任其滚动了。还记得有一天，我的思想变得极富弹性，每种思想都相继采取所有其他思想的外形，相互变来变去。有时，两种思想平行，仿佛永远延伸下去而不相交。

我还体验过这样一种醉意：它能使你相信自己比实际上更善良，更高尚，更可敬，更有德行，更富有……

秋　天

农民在大田里正忙着秋耕，薄暮中垄沟扬起烟尘；耕马疲惫了，走得越来越慢。每天黄昏都令我陶醉，就好像头一回闻到泥土的气息。暮色中，我总喜欢坐到落叶满地的路边斜坡上，聆听耕田的农夫唱歌，观赏疲倦的夕阳要在天边的原野上安眠。

潮湿的季节，多雨的诺曼底大地……

漫步。……荒野，但并不崎岖。……悬崖峭壁。……森林。……冰凉的溪流。树荫下小憩，谈天说地。……橙红色蕨草。

"牧场啊！"我们心中暗想，"我们在旅途中为什么没有遇见你，我们多希望纵马从你上面飞驰而过"（牧场周围有森林环绕）。

黄昏散步。

夜晚散步。

散　步

……"生存"，对我来说，变得乐趣无穷。我真想普遍尝试各种生存方式，尝试鱼类和植物的生存方式。在感官的各种愉悦之中，我最想尝到的是触摸的快感。

原野上一棵树，独立秋雨中，枯黄的叶子纷纷飘落。我想雨水长时间浇灌，它深深扎在地下的根须早已浸饱了。

在那种年龄，我还是光着脚，直接踏着湿乎乎的地面、汩汩流淌的水洼、清凉或热乎的泥浆。我知道自己为什么这样喜欢水，尤其喜欢湿漉漉的东西，只因水比空气更能直接让我们觉出温差的变化。我喜欢潮润的秋风，喜欢诺曼底多雨的大地。

拉罗克

大车运回收获的芳香的食粮。

仓棚里堆满了饲草。

沉重的大车，你碰撞着路坡，在辙沟里颠簸；有多少回呀，我和晒草的野小子躺在草垛上，由你从田间载回！

啊！什么时候我还能躺夜草堆上，等待黄昏降临？……

黄昏降临了，我们到了仓棚门口，只见这农家院里还逗留一抹夕阳的余晖。

三　农家院

农　夫

农夫！歌唱你的农家院吧。

我要在你这仓棚附近休息一会儿，畅想饲草的清香将唤我忆起的夏天。

拿上你的所有钥匙，一扇一扇将门给我打开。

头一扇是草棚的门：

> 啊！时光有多么忠实呀！……啊！我怎么不挨着草棚，躺在温暖的草堆上休息，何必到处流浪，凭着一股热情去战胜沙漠的焦渴呢！……留在这里，我可以倾听收割者的歌声，可以清闲自在地看着大车载回沉甸甸的收获——无比珍贵的食粮，仿佛是我的欲望种种疑问所期待的答复。我无须再到原野上寻求什么，在这里从容不迫地就能完全满足我的欲望。

有笑的时刻，就有哭过的时刻。

有笑的时刻，过后，自然就有回忆笑过的时刻。

纳塔纳埃尔，毫无疑问，肯定是我本人，而不是别人，观看过这些青草随风摇晃——这些青草，现在枯萎了，同所有割倒的东西一样，散发着干草味儿……这些青草活着，绿油油的，又变成金黄色，在晚风中摇曳。——唉！怎么不回到那个时候，躺在草地边上……高高的青草迎接我们的欢爱！

小猎物在草叶下来回奔跑，跑过的每条小径都堪称林荫大道。我俯下身子，仔细察看地面，由一片叶子到另一片叶子，由一朵花到另一朵花，我看见成群的小昆虫。

我从绿叶的光泽和花瓣的质地，就能看出土壤的湿度。哪片草地开满了雏菊，然而，我们更喜欢那块草坪，那是我们欢爱的地方，白花花开满伞状花：有的小巧玲珑，有的形同大摇篮，色彩发暗，花瓣硕大。暮晚时分，草地变成深绿色，所有白花恍若脱离了花茎，由升腾的雾气托起，亮晶晶的，宛若漂浮的水母。

＊　＊　＊

第二扇是谷仓的门：

谷粒，我要赞颂你们。食粮。金黄的麦子，期待中的财富，无比珍贵的食物。

哪怕我们的面包吃光！谷仓，我还有你的钥匙。谷粒，你们就堆在谷仓里。你们让我全吃下去，难道还不能解饿吗？田野上有天空飞鸟，在谷仓里有成群的老鼠，而我们餐桌上坐着所有穷人……你们余下来的，是否能解除我的饥饿？……

谷粒，我抓了一把保留，等到春光明媚的季节，就播种在我这肥沃的田地里：一粒产一百粒，另一粒产一千粒。

食粮啊！食粮，我越饥饿，你也越丰美。

麦子啊，你刚生出来，像青青的小草，告诉我，你这弯弯的茎秆儿，能支撑多沉的金黄的麦穗儿？

金黄的麦秸、金黄的麦穗、金黄的麦捆——我播下的一把种子……

* * *

第三扇是乳品房的门：

安歇！宁静！柳条箩筐不断滤滴，乳酪逐渐干缩，再放在金属网箱里压成实块。七月三伏天的凝乳，气味更新鲜、更寡淡，不，不是寡淡，而是隐隐约约有一股酸味，淡淡的，吸到鼻孔深处才能觉出来，可以说已经从嗅觉到味觉了。

搅乳器十分洁净。小块小块的黄油用甘蓝菜叶托着。农妇两手红红的。窗户总敞着，但是装了金属纱网，以防猫和苍蝇进入。

一排排大碗盛满牛奶。牛奶的颜色日益变黄，直到奶油全部浮上来，慢慢结层，先是膨胀，继而又皱缩，乳汁就这样脱脂了。等乳汁完全变清，就捞出奶油……不过，纳塔纳埃尔，全过程我讲不清。我有一位务农的朋友，他讲起来才头头是道呢，他告诉我每种东西的用途，就是乳清也不能白扔（在诺曼底，乳清用来喂猪，此外似乎还有更好的用场）。

＊ ＊ ＊

第四扇是牛棚的门：

牛棚里热乎乎的，叫人难以忍受，但是奶牛的气味很好闻。啊！真想回到孩提时代，我和浑身流汗气味好闻的农家孩子一起，在奶牛的腿之间钻来钻去，到食槽角落里找鸡蛋，连续几小时看着奶牛，看奶牛拉屎，啪

095

的一声摊在地上，我们还打赌，看哪一头先拉屎；有一天我吓跑了，以为有一头牛会突然产下一只牛犊。

* * *

第五扇是果品贮藏室的门：

阳光普照的窗前，一串串葡萄吊在细绳上，每一粒都在酝酿和成熟，默默地咀嚼着阳光，酿制着芬芳的糖分。

梨。成堆的苹果。水果啊！我吃了你们多汁的果肉，把核儿吐到地上。让果核儿发芽，再给我们带来欢乐吧！

小小的杏仁，蕴藏着奇迹；果仁，微观的春天，在睡眠中等待。两个夏季之间的果实，历夏的种子。

纳塔纳埃尔，我们还要想一想，种子发芽的痛苦状（胚芽冲出核壳所付出的努力令人敬佩）。

然而现在，让我们惊叹这一点：每次孕育都伴随着快感。果实由美味包裹着，由欢乐不懈地追求生命。

果肉，爱情醇香的结晶。

* * *

第六扇是压榨室的门：

啊！厂棚下热气减退了，真希望此刻，我和你并排躺在压榨过的苹果中间，躺在压榨过而酸味刺鼻的苹果中间。啊！书念美女，我们一起来尝试一下，我们的身体躺在湿漉漉的苹果上，所产生的快感，凭借苹果圣洁的香味，会不会持续久些，会不会那么快就消失呢……

压榨机轮转动的声响伴随着我的回忆。

* * *

第七扇是蒸馏室的门：

光线昏暗。炉火熊熊。机器黑乎乎的。大盆的铜光闪亮。

蒸馏器，神秘流出的液汁，都十分珍惜地接收（我见过以同样方法接收松脂、樱桃木变质胶、韧性的无花果树乳汁、棕榈树截顶流出的酒液）。细口的玻璃瓶，醉醒的波涛在你这里面汇流，汹涌激荡。酒精，你集中了水果中全部甘美和烈性的成分，以及鲜花里全部甘美和芬芳的成分。

蒸馏器啊！要蒸馏出金色的液滴（有的比樱桃浓汁还要味美，有的像草地一样芬芳）。纳塔纳埃尔！这真是神奇的幻象，就仿佛整个春天浓缩在这里……啊！现在，让我的醉意像演戏一般，一幕幕展现春天吧！让我痛饮吧，等一会儿我就不再注意是关在这黑房子里……让我痛饮吧，既解脱我的精神，又让我的肉体领略我渴望的其他一切地方的景象。

* * *

第八扇是库房的门：

　　噢！我的金杯子打碎了——我清醒过来了。沉醉一向是幸福的替身。马车！随时都可能逃逸。雪橇，冰天雪地，我要把我的欲望套在雪橇上。

　　纳塔纳埃尔，我们走向万物：我们将陆续接触那一切。我的马鞍两侧的皮套里装有金子，箱子里装有几乎能让人喜欢寒冷的皮裘。车轮，谁会计算你奔逃时转动的圈数？马车，轻便的房屋，寄居我们悬望的快乐，让我们一时兴起将你劫走吧！犁铧，让牛带你在我们的田地上漫步吧！你要像尖刀一样翻耕土地吧！犁铧放在仓库里不用会生锈，所有农具都一样……我们身上的各种惰性哟，你们全在痛苦中等待，等待套上一种欲望拉走你们，那得是向往最美丽的地方的人……

雪橇！我要把我的全部欲望给你套上，让我们飞驰，在你后边扬起雪尘！……

最后一扇门向旷野敞开。

第六篇

林叩斯 ①

入世来观察，受命来守望。

——歌德(《浮士德》第 2 卷)

上帝的戒律，曾使我的灵魂受苦。

上帝的戒律，将有十条还是廿条?

界限要紧缩到何等程度?

是否教诲人禁忌日益增加?

而渴望我认为人间美好的事物，

是否还要受到新的惩罚?

① 林叩斯：希腊神话中的英雄，五十勇士之一。他乘船泛海，历尽艰险，取回被盗走的金
毛羊。林叩斯拉丁文意为"锐利的眼睛"。歌德在《浮士德》中写道："千里眼林叩斯目
光炯炯，不舍昼夜，引导航船通过暗礁和海滨。"

上帝的戒律，曾使我的灵魂病恹恹，

并用高墙封住唯一能让我止渴的水源。

……

但如今，纳塔纳埃尔，

我心里充满了怜悯，

认为人类的过错情有可原。

* * *

纳塔纳埃尔，我要告诉你：一切事物，都异乎寻常地自然。

纳塔纳埃尔，我要对你谈谈这一切。

小牧童，我要把没有镶金属的牧杖交到你手中，我们再带领尚无主人的羊群，缓慢地走向每个地方。

牧童啊，我要把你的欲望，引向世间一切美好的事物。

纳塔纳埃尔，我要让新的干渴在你的嘴唇上燃烧，然后把满杯的清凉水送到你唇边。我喝过，知道哪里有能解渴的清泉。纳塔纳埃尔，我要向你讲述清泉：

有从山岩间喷出的泉水；

有从冰川下涌出的泉水；

有的泉水乌蓝乌蓝，显得格外幽深。

（锡拉库萨的西雅耐泉之格外奇妙，也正是这个缘故。）

湛蓝的泉水，披荫的泉眼；纸莎草丛水花飞溅；我们从小舟上俯视，只见碧身小鱼浮游在宛若蓝宝石的沙砾上。

在宰格万，从仙女洞涌出的水流，当年还灌溉过迦太基。

在沃克昌兹，水从地下汩汩涌出，仿佛流经悠久的岁月，其势已成江河；人们可以从地下溯流而上，看到水流穿过洞窟，没入黝黯中。火炬的光亮摇曳而压抑，接着，前方一段尤为黑暗，令人想道：恐怕到了源头，再也不能溯流而上了。

有的泉水含有铁质，把岩石染得色彩斑斓。

有的泉水含有硫黄，绿莹莹的温泉，乍看上去好像有毒。其实，纳塔纳埃尔，人下水沐浴，肌肤就会变得柔软滑润，浴后再抚摩身子，更是妙不可言。

有的泉水一入黄昏便升起雾霭，乘着夜色飘浮，到了清晨才慢慢消散。

有的泉水细流涓涓，隐没在苔藓和灯芯草丛里。

有的泉水是浣纱女的天地，也是磨坊的动力。

永不枯竭的源泉啊！水流喷涌。泉眼之下水源多么丰足，荫蔽的蓄水层、露天的水潭。坚硬的岩石会因为崩裂，光秃的山坡将草木葱茏，不毛之地将生机勃勃，荒漠将变成花的海洋。

地下涌出的泉水远远超过我们的渴求。

水不断更新，天空的云雾重又降下来。

倘若平原缺水，那就让平原去山中痛饮……或者让地下暗流把山中水引向平原。——格勒纳德巨大的灌溉网。——水库，泉洞。——自不待言，泉水有奇特的美，沐浴其中美不胜收。游泳池啊！游泳池！我们出浴便全身洁净。

> 宛如晨曦中的朝阳，
> 宛如夜雾中的月亮，
> 我们在你的清波里。
> 将洗浴疲惫的肢体。

源泉有奇特的美；从地下滤出的水，像穿过水晶一般明净，饮之如琼浆玉液人腹。泉水清淡得像空气，无色无臭，近乎无存，只因其无比清冽，才感到其存在，恰似深藏不露的美德。纳塔纳埃尔，你是否理解人为何渴望畅饮这种水？

> 我感官的最大快乐，
> 是已经解除的干渴。

纳塔纳埃尔，现在我给你咏唱：

我解除干渴的圆舞曲

满斟的杯子，

甚于接吻的诱惑，

吸引着我的嘴唇，

端起来一饮而尽。

我感官的最大快乐，

是已经解除的干渴……

各色纷呈的饮料，

是用压出的橘汁

或柠檬汁来制成，

酸中还带点甜味，

才如此爽口清醇。

我喝过玻璃杯中的饮料，

杯子薄得令人担心：

唇触即破，遑论牙齿。

杯中的琼浆特别甘美，

同嘴唇几乎毫无隔阂。

我也喝过软杯中的饮料，

只要用手稍微挤压，

汁液就会升到唇边。

我还用客栈的粗杯，

饮过甜腻腻的糖水，

那是顶着烈日走了一天，

薄暮时分投进客栈。

池中水有时凉冰冰，

令我尤觉夜色的清芬。

我也喝过装进皮囊里的水，

有一股涂沥青的山羊皮怪味。

我几乎趴在溪边畅饮，

真想跳进去洗个痛快，

赤裸的双臂插进流水，

直到在溪底荡漾的白卵石……

但觉凉意由双臂流遍周身。

牧人用双手掬水解渴，

我劝他们用麦管汲饮。

在夏天最炎热的时刻，

有时我顶着烈日步行，

存心产生强烈的干渴，

再将干渴消弭于无形。

朋友，你可曾记得：在我们那次艰苦卓绝的旅行中，有一夜我们睡下又起来，浑身大汗，去饮那瓦罐里冰凉的水？

蓄水池、暗井，妇女要下去汲水。从未见过天日的水，带着阴凉的气味，水质特别新鲜。

水异常清澈，而我却希望水色湛蓝，最好发绿，能让我更加感到凉意迎人，并略带茴香味。

我感官的最大快乐，

是已经解除的干渴。

不！满天的星斗、大海的珍珠、海湾上的点点白羽，我尚未一一清数。

还有那树叶的絮语、晨曦的笑容、夏日的欢颜。现在，我复有何言？只因我缄默不语，你就以为我的心会恬静吗？

啊！沐浴在碧色中的田野！

啊！浸渍在蜜汁里的田野！

蜜蜂将飞还，满载着蜂蜡……

我见过暝色中的海湾：黎明还隐匿在如林的帆樯后面。晨曦中，小舟悄然无声地从大船之间划出；舟上人低头弯腰，好从绷直的缆绳下通过。夜间，我见过无数的弘舸启航，一艘艘隐没在黑夜里，复驶向白昼。

* * *

小径上的卵石，没有珍珠那么明亮，也没有泉水那么晶莹，但是却熠熠闪光。在我走过的林荫小径上，卵石静静地接收阳光。

然而，关于磷光现象，唉！纳塔纳埃尔，我能讲些什么呢？磷体有无数的细孔，能吸收灵光，还接受并遵从一切法则，通体透明。你没见过，穆斯林城墙夕照红，夜间便微微发光。幽邃的城墙，白天阳光泻入：中午（阳光储存起来），城墙呈白色，好似金属一般，夜间再徐徐释放，娓娓叙述阳光。——城池啊！在我看来，你像个透明体！从山丘上眺望，你在漆黑的夜幕笼罩下闪闪发光，宛如一盏象征虔诚之心的白玉琉璃灯，那光亮充盈，像透过细孔，形成乳白色的光晕。

幽暗中马路上的白色卵石，光的贮存库。暮霭中荒原上一丛丛白色欧石楠、清真寺里一块块大理石地板、海中岩洞开放的一

107

朵朵海葵花……一切白色都是贮存的光。

我掌握了根据吸光的能力来判断各种物体。有些物体白天能接收阳光，到夜晚就好像光细胞。我见过正午原野上的激流，从远处黝黯的岩石上泻下来，水花飞溅，闪着万道金光。

不过，纳塔纳埃尔，我在这里只想对你谈"有形之物"，绝不谈

无形的事物

——因为

……正像那些千姿百态的海藻，一旦捞出海面，就黯然失色了……

如此，等等。

——变化无穷的景物不断向我们昭示：我们尚未认识景物所包容的幸福、沉思和愁绪的所有形式。我知道，童年时期有些日子，我还常常感到忧伤，但是一来到布列塔尼的荒原上，我的忧伤情绪便顿时烟消云散，似乎为景色所吸收融合了；因此，我能直面自己，赏玩自己的愁绪。

无穷无尽的新鲜事物。

他干了一件极普通的事儿，然后说道："我明白了：这事儿从来没有人干过，也从来没有人想过，说过。"——忽然，我觉得一切都纯真无邪。（世界的全部历史都包含在此时此刻中。）

7月20日　凌晨二时

起床。——"千万不能让上帝等待啊！"我一边起床一边嚷道。不管起得多么早，你总能看到生活在运行；生活睡得早，不像我们似的叫人等待。

曙光，你是我们最亲密的快乐。

春天，是夏天的曙光！

曙光，是每日的春天！

我们还未起床，

彩霞就已出现……

然而对月亮来说，

彩霞从来不算早，

或者说不算太晚……

睡　眠

我体验过夏天的午睡——中午的睡眠——是在凌晨就开始的劳作之后，疲惫不堪的睡眠。

下午二时。——孩子睡下了。沉闷的寂静。可以放点音乐，但是没有动手。印花布窗帘散发的气味。风信子和郁金香的芬芳。贴身衣物。

下午五时。——醒来，遍身流汗，心跳急速，连连打寒战，头轻飘飘的，百体通泰；肌肤的毛孔张开，似乎每一事物都能畅快地侵入。太阳西沉。草地一片金黄，暮晚时分方始睁开眼睛。啊！向晚的思绪如水流动！入夜时鲜花舒展。用温水洗洗额头，外出……靠墙的行行果树。夕照下围墙里的花园。道路；从牧场归来的牛羊；不必再看落日——已经观赏够了。

回到室内。在灯下重又工作。

纳塔纳埃尔，关于床铺，我能对你说些什么呢？

我曾睡在草垛上，也曾睡在麦田的垄沟里、沐浴阳光的草地上，夜晚还睡在饲草棚；我曾把吊床挂在树枝上，也曾在波浪的摇晃中成眠，睡在甲板上或者船舱狭窄的卧铺上，对着木讷的独眼似的舷窗。有的床上有靓女在等候我；在另一些床上，我也曾等候娈童。有的床铺极为柔软，好像和我的肉体一样专事做爱。我还睡过营房的硬板床，仿佛坠入地狱一般，我也曾睡在奔驰的火车上，无时无刻不感到在行进中。

纳塔纳埃尔，有入睡前美妙的养神，也有睡足后美妙的苏醒，但是没有美妙的睡眠。我只喜欢我认为是现实的梦。须知最甜美的睡眠也抵不上醒来的时刻。

　　我习惯面向大敞的窗户睡觉，有一种露宿的感觉。在七月酷暑的夜晚，我赤身裸体躺在月光下，到了黎明，乌鸦的鸣叫把我唤醒；我全身浸到冷水中，这么早就开始一天生活，未免扬扬得意。在汝拉山中，我的窗户俯临山谷；时过不久，谷壑就积满了雪。我躺在床上就能望见树林的边缘，乌鸦和小嘴乌鸦在那上空盘旋。清晨，羊群的铃铛声音把我唤醒。我的住所附近有一眼山泉，牧人赶着羊群去那儿饮水。这些情景还历历在目。

　　在布列塔尼的旅店里，我的身子喜欢接触带有好闻的浆洗味的粗布床单。在贝尔岛上，我被水手们的歌声吵醒，便跑到窗口，望见一只只小船划向远方。继而，我跑向海边。

　　有些住所环境极美，但是无论哪处我也不愿久留。担心门窗一关便成陷阱。那是禁锢精神的囚室。流浪生活就是放牧生活。——（纳塔纳埃尔，我要把牧杖交到你手中，该轮到你照管我的羊群，我累了。现在你就出发吧，各个地方都畅通无阻，而永不餍足的羊群总是咩咩叫唤，奔向新的牧场。）

　　纳塔纳埃尔，也有些新奇的住所令我留恋，有的在林中，有的水边，有的特别宽敞。然而，我基于习惯，一旦不再留意住所，就丧失了新奇感；我又受窗外的景色吸引，开始遐想了。于是我便离去。

（纳塔纳埃尔，这种追求新奇事物的欲望，我无法向你解释清楚。我似乎根本没有触碰，没有破坏任何事物的新鲜感。然而，初见一种事物的一刹那感受十分强烈，以致后来重睹旧物就难以增强当初的印象。我之所以常常重游旧城故地，是想更仔细地体会时日和季节的变化，这在熟悉的场所容易感受些。我在阿尔及尔逗留期间，每天傍晚都要去一家摩尔人开的小咖啡馆，也是想观察从一个黄昏到另一个黄昏每个人极细微的变化，观察时间如何缓慢地改变这样一个小小空间。）

在罗马，我住的客房在平奇奥附近，与街道齐平，窗口安有铁栏杆，形同囚室。卖花女来向我兜售玫瑰花，空气中弥漫着芳香。在佛罗伦萨，我坐在桌前，就能望见那上涨的阿尔诺浑浊的河水。在比斯克拉的露台上，夜晚万籁俱寂，梅丽爱玛出现在月光下。她浑身裹着撕破的肥大白罩袍，来到玻璃门前，笑盈盈地把罩袍抖落。我的卧室里已给她摆好了点心。在格勒纳德，我在卧室的壁炉上，放的不是烛台，而是两个西瓜。在塞维利亚，有一些幽深的庭院，是用浅色大理石铺砌而成，绿荫覆盖，水汽氤氲，十分清爽；水涓涓细流，在庭院中央小水池里淙淙作响。

一道厚围墙，既能阻挡北风，又能吸入南来的光照，一座活动房子，能迁移，还能接受南边的全部恩惠……纳塔纳埃尔，我们的房间该是什么样子的？美景中的一个寄身之所。

我还要对你谈谈窗户：在那不勒斯，晚间在阳台上，陪着几位身着浅色衣裙的女子闲谈、遐想；半垂的帷幔把我们同舞会上喧闹的人隔开。谈话是那么装腔作势，真叫人难受，导致难堪的冷场。从花园里飘来橘花的浓烈香味，传来夏夜鸟儿的歌声。在鸟儿鸣唱的间歇中，能隐隐约约听见浪涛的拍击。

阳台；插有紫藤和玫瑰的花篮；夜间休憩；温馨。

（今晚，一阵凄厉的暴风雨，在我的窗外呜咽，雨水顺着玻璃窗流淌；我力图喜爱这暴风雨，胜过喜欢一切。）

纳塔纳埃尔，我再向你谈谈城市：

我看士麦那宛如一位熟睡的少女，而那不勒斯却像一位沐浴的荡妇，看那宰格万则像一个被曙光映红面颊的卡比利亚牧人。阿尔及尔白天在欢爱中战栗，夜晚在欢爱中忘情。

在北方，我见过在月光下沉睡的村庄，房屋的墙壁蓝黄两色错杂。村落周围展开一片旷野，田地上一堆堆大草垛。我出门走向空旷无人的田野，归来时村庄已经沉睡。

城市与城市不同。有时你真弄不清为何兴建。啊！东方的城、南方的城；平顶房舍的城，那屋顶是白色的露台；夜晚，浪荡的女子在露台上做美梦。寻欢作乐，爱的狂欢；广场上的路灯，从附近的山丘望去，犹如夜间的磷火。

东方的城市！火红热烈的节日。有些街道，当地人称为"圣街"，那里的咖啡馆挤满了妓女，她们跟着刺耳的音乐起舞。身穿白袍的阿拉伯人出出进进，甚至还有少年，在我看来年龄很小，居然已经懂得做爱了（有的人嘴唇比刚孵化的小鸟还热乎）。

北方的城市！火车站台、工厂、烟雾蔽空的城市。纪念性建筑物、千姿百态的钟楼、宏伟壮观的拱门。林荫大道上的马队、行色匆匆的人群。雨后发亮的柏油马路、大街两旁无精打采的栗树、始终等待你的女人。夜晚，无比温柔的夜晚，稍一招引，我就会感到全身酥软了。

十一点钟。——围墙，铁窗板的刺耳声响。城区。深夜，街道阒无一人，在我经过时，老鼠飞速地窜回阴沟。从地下室的气窗望进去，能看到光着半截身子的男人在做面包。

——嘿！咖啡馆！——我们在那里一直闹到深夜。醉意和谈兴驱走了睡意。咖啡馆！有的挂满画幅和镜子，显得富丽堂皇，出入的全是衣着考究的雅客。在另外一些小咖啡馆里，舞女唱着滑稽下流的小调，边跳边把短裙撩起。

在意大利，夏天的夜晚，咖啡馆露天座一直摆到广场上，供应美味的柠檬冰淇淋。在阿尔及利亚，有一家咖啡馆顾客常去抽大麻，我在那里险些遭人杀害；次年，警察局查封了那家店铺，因为去那里的人无不形迹可疑。

仍旧谈咖啡馆……啊！摩尔人开的咖啡馆！有时来一位说书人，讲述一个长篇故事。多少个夜晚，我尽管听不懂，还是去听他说书！德尔布门的小咖啡店，毫无疑问，我最喜欢你，傍晚安静的场所：一间土屋，坐落在绿洲的边缘，走出不远就是一片沙漠。我从那里看到，白天越是闷热，夜晚就越是恬静。在我近旁，吹笛人神情专注，吹着单调的曲子。——于是我想起你，设拉子的小咖啡馆，诗人哈菲兹颂扬过的咖啡馆。哈菲兹，陶醉在爱情和司酒官的酒中，静坐在露台上，几枝玫瑰伸到他身边；哈菲兹，挨着酣睡的司酒官，彻夜作诗，等待天明。

（但愿我生在这样一个时代：诗人只需以简单列举的方式来咏唱世间一切事物。这样，我就逐一赞赏每种事物，而这种赞美就表明事物的价值，这便是它存在的充足理由。）

* * *

纳塔纳埃尔，我们还没有一道观察树叶。叶子的各种曲线……

树木的叶丛；绿色的洞窟，叶间的缝隙；微风轻拂，枝叶婆娑，变幻不定；形状的旋涡；破裂的绿壁；富有弹性的框架；溜

115

圆的摇曳；薄页和蜂房……

树枝参差的摇动……缘于细枝的弹性不同、抗风的能力各异，经受风力冲击的强弱也就不同……——我们换个话题吧……谈什么呢？既然不是做文章，也就无须选材……那就信手拈来！纳塔纳埃尔，信手拈来！

——身上的全部感官，突然同时集中到一个点，就能 (也很难说) 使生命的意识完全化为接触外界的感觉…… (反之亦然)。我到此境界，占据了这一洞穴，只觉得

传入我耳朵的是：

这潺潺不停的流水声、松涛忽强忽弱的呼啸、蝈蝈儿时断时续的鸣叫，等等。

映入我眼帘的是：

太阳下溪流的粼粼波光、松涛的起伏…… (瞧，一只松鼠) ……我的脚在碾动，在这片苔藓上碾了个洞，等等。

侵入我肌肤的是：

这种潮湿的感觉、这青苔的绵软的感觉（噢！什么树枝扎了我一下？……）我的额头埋在手掌里、手掌捂着额头的感觉，等等。

钻入我鼻孔的是：

……（嘘！松鼠靠近了），等等。

这一切汇总起来，打成一个小包。——这就是生命。——只有这些吗？——不，当然还有其他东西。

你认为我仅仅是各种感觉的一个聚合体吗？我的生命始终是：这个，加上我本人。——下一次我再向你谈我本人。今天不再给你唱

精神的不同形式的圆舞曲

也不唱

挚友圆舞曲

更不唱

各种际遇的叙事曲

叙事曲中有这样一段歌词：

在科莫，在莱特，葡萄成熟了。我登上一座大山丘，

上面有古城堡的残垣断壁。葡萄的味道太甜腻，闻着不舒服，仿佛呛入我的鼻孔深处；但是吃了之后，却没有吃出什么特殊的滋味。——不过，我又饥又渴，几串葡萄足以把我醉倒。

……其实，在这首叙事曲中，我主要谈论男人和女人。现在我不想对你讲述，是不愿意在本书中诋毁什么人。恐怕你也了解，本书没有人物，就连我本身，也仅仅是个幻影而已。纳塔纳埃尔，我是守望城楼的林叩斯。长夜漫漫。曙光啊，我在城楼上翘首呼唤你！怎么绚烂也不算过分的曙光！

我向往新的光明，直到夜阑。如今我还未盼到，但还是寄了希望，我知道从哪个方向破晓。

毫无疑问，全体人民都在准备；我在城楼上，就听见街头喧声鼎沸。天将黎明！欢腾的人民已迎着旭日前进。

"你对黑夜有什么看法？哨兵，你对黑夜有什么看法？"

"我看到新的一代人上升，旧的一代人衰落。我看到，这浩浩荡荡的一代人上升，那么欢欣鼓舞，走向新生活。"

"你在城楼顶上望见了什么？你望见了什么，林叩斯，我的兄弟？"

"唉！唉！让另一位先知去哭泣哀号吧！黑夜来了，而白天也来临了。"

"他们的黑夜来临了，我们的白天也已来临。谁想睡觉就睡吧！林叩斯！现在，你从城楼上下来吧。天亮了。到旷野上来吧。仔细观察观察每个事物。林叩斯，来吧，过来吧！天亮了，我们相信天亮了。"

第七篇

阿敏塔斯的肌肤为什么这么黑？

——维吉尔

渡海　1895 年 2 月

从马赛港启航。

海风强劲，万里晴空。早到的暖流，樯桅的摇晃。

灿烂辉煌的大海，好像装饰了无数羽翎。波浪汩汩，催动航船。光辉灿烂，压倒一切的印象。想起从前的历次启航。

渡　海

多少回啊，我企足而待黎明……

……在沮丧的大海上……

我看见了曙光来临，

而大海并未因此而平静。

鬓角汗津津，虚弱无力。听天由命。

海上之夜

波涛汹涌，浪花飞沫冲刷甲板。螺旋桨跳动不已……

啊！冷汗淋漓，魂不附体！

枕头上的脑袋好像要裂开……今天夜晚月圆，光华皎洁，清辉洒在甲板上——但是我没有去观赏。

……等待浪涛袭来。……海水訇然涌上船舷。憋闷窒息；涌起来，又跌下去。我只好一动不动；我在海上究竟算什么呢？——一个软木塞，一个任凭风浪抛掷的可怜的瓶塞。

顺其自然，甚而忘却波浪；无念无欲的快感。化作一个物体。

夜 阑

清晨特别凉爽，水手用吊桶打起海水冲洗甲板；通风。——我在客舱听见用硬刷子刷木板的声响。剧烈的冲撞。——我想打开舷窗——海面疾风扑向我淌汗的前额的双鬓。我又想关上舷窗……铺位，重又撂倒。噢！抵港前这一路，颠簸真可怕！映在白色舱壁上旋转的倒影。逼仄。

我的眼睛看得发酸……

我用一根麦管吮吸冰镇柠檬水……

继而，在新的大地上醒来，好似大病初愈
——梦中未见的种种景物。

阿尔及尔

整整一夜随波涛摇晃，

清晨醒来，却在海滩上。

高原，丘峦到此休憩；

西方，白昼到此消逝；

海滩，浪涛前来冲击；

深夜，我们的爱前来酣睡……

夜好似大港湾向我们围来；

思想、光线、忧愁的鸟儿，

要避开白昼来此歇息；

荆棘丛中阴影悄然……

牧场上静静流水，

清泉边水草芊芊。

……继而，远航归来。

海岸平静，港口泊船。

我们会看见候鸟和抛锚的小船，

在风平浪静的水面上安眠；

夜幕降临，给我们敞开

它那宁静而友好的大港湾。

——现在是万物入梦的时辰。

1895 年 3 月

卜利达！萨赫勒之花！冬天你黯淡凋残，到春天又争奇斗艳。这是一个细雨霏霏的早晨，天空倦慵、温和而忧伤。树木繁花正盛，芳香飘溢在修长的小径上。平静的水池有一股喷泉；远处传来兵营的军号声。

这是另一座花园，小树林人迹罕至，只见白色的清真寺在橄榄树下微微闪光。——神圣的树林！今天早晨，我拖着无比疲倦的思想，以及因相思而弄得精疲力竭的身体来此休息。紫藤哟，去年冬天，我目睹你那寒碜的光景，想象不出你繁花似锦的芳容。紫藤在树枝间摇动，成串的花球宛如高悬的小香炉，花瓣儿飘落在金砂小径上。水声，水池边的汩汩声，湿漉漉的音响；高大的橄榄树、白色的绣线菊、成林的丁香、丛丛荆棘、簇簇玫瑰；只身来到此境，追忆冬天，会感到多么倦怠，纵然面对春天也提不起精神，甚或希望景色更加肃杀些才好。唉！美景盛情相邀，向孤独者微笑，却处处蕴藏着欲望，如同排在空寂的小径上卑躬屈膝的队列。平静水池的潺潺水声，益发显得周围一片阒寂。

> 我知道那水泉，要去洗眼睑，
>
> 去神圣的树林我也认路，
>
> 熟悉那枝叶、林间空地的清凉；
>
> 待到黄昏，万籁俱寂，
>
> 我便前往那里，
>
> 清风软软抚弄，
>
> 更邀我们入梦而非做爱。
>
> 夜幕降落在冷泉上，
>
> 晨曦要在冰冷的水中泛起，
>
> 发白而抖瑟。纯洁的泉水。
>
> 往日我惊愕地望着霞光和万物，
>
> 总觉得晨曦有一股香味，
>
> 再待晨曦出现的时候，
>
> 我来到泉边洗洗发烫的眼睛，
>
> 是否还能闻到这种香味？

给纳塔纳埃尔的信

纳塔纳埃尔，你想象不出这一派阳光普照的景象，想象不出这持续的炎热给肉体带来的快感……悬空一根橄榄树枝、覆盖山峦的苍穹、一家咖啡馆门前的笛声……阿尔及尔显得十分炎热，充满节庆的气氛，因而我要离开三天。我逃避到卜利达，方始发现橘树已满枝繁花……

天一亮我就出门散步，也不注视任何物体，但又无不尽收眼底。各种未予理睬的感觉，在我身上汇集起来，组成一首美妙的交响乐。时光流逝，我的兴奋情绪也减缓了，好比偏西的太阳放慢了速度。接着，我选择一个能引起我爱恋的人或物，但我希望是活动的，因为我的激情一经固定，就丧失活力了。每当新的一瞬间，我就好像什么还未见过，什么还未品味过。我狂热而胡乱追逐正在流逝的东西。昨天我跑步登上那俯临卜利达的山峦之巅，打算多观赏一会儿太阳，观赏夕阳西下、晚霞染红白色阳台的景象。我无意中发现树下的阴影与宁静；我在月光下徜徉，常有游泳之感，但觉身子沐浴在光亮温煦的空气中，轻飘飘地浮起来。

……我相信我所走的路是"自己的"路，相信自己走的是正路。保持这种无限的自信，已然成为我的习惯，如果宣过誓，就可以称为信仰了。

比斯克拉

女人在门口候客，她们身后有一条陡立的楼梯。她们坐在门槛上，神情严肃，脸上粉饰得活像一尊尊神像，头戴钱币缀成的冠冕。入夜，这条街就热闹起来。楼梯顶端点起灯，每个女人都坐在楼梯口所形成的光亮的壁龛里，全背着光，头上的金冠闪闪发亮。每个女人都好像在等我，特意等我。你要上楼去，往她冠冕上投一小枚金币就行了；那妓女顺手将灯熄灭；领你走进一间小屋，陪你用小杯喝咖啡，然后就在低矮的长沙发上同你做爱。

比斯克拉花园

阿特曼，你在信上对我说："我在等待您到棕榈树下放羊。您快回来吧！枝头行将报春：我们一道散步，排除一切思虑……"

——"阿特曼，你这牧羊人，你不必再去棕榈树下等我，也不必看春天是否在树枝间出现。我已经来了，春色也已满枝头；我们一道散步，排除了一切思虑。"

比斯克拉花园

今日天色阴沉，金合欢花香气浓郁。空气温馨而湿润。大片厚实的雨滴飘浮着，好像在空中形成……雨滴在树叶上滞留，逐渐加重，最后骤然落下来。

……我回忆起夏天的一场暴雨，真的，那还能叫作雨吗？温乎乎的雨点那么大，那么沉重，击打这座叶绿花红的棕榈园。沉重的雨点把枝叶和花瓣打落一地，好似情人送的花环散落在水中。水流浑浊泛黄，把花粉冲到远方去繁殖。池中的鱼呛昏了过去，

126

听得见鲤鱼在水面上张口喘息的声音。

下雨之前，正午刮着呼呼的热风，将灼热的气息吹入地下。因此，现在树下的小径热气腾腾；金合欢枝条低垂，似乎要遮掩那些在石凳上作乐的情侣。——这是一座尽欢的乐园，男人穿着毛料衣裳，女人穿着带条纹的罩袍，都等待着水汽浸人体内。他们仍像原先那样坐在长凳上，但都沉默无言了，静静地聆听雨声，让这匆匆来去的夏日骤雨落到身上，打湿衣衫，洗浴身体。——空气湿重，树叶繁茂，令人流连忘返，以致我无法抗拒这种爱恋，一动也不动地坐在他们附近的凳子上。——雨霁，树枝还往下掉雨滴。这工夫，每个人都脱下皮鞋或凉鞋，赤脚踏着浸透雨水的泥土；柔软的泥土给人以快感。

* * *

两个身穿白羊毛衫的孩子，领我走进一座无人散步的公园。园子狭长幽深，里端有一扇洞开的门扉。树木高大，而天幕低垂，仿佛挂在树梢上。——墙垣。——雨中一片片村庄。远处一座座高山。雨水汇成湍流；树木的食粮；严肃而纵情的授粉；飘忽流动的芳香。

绿荫下的溪流；水渠漂流着树叶和花瓣，水流缓慢，当地人称为"灌溉渠"。

加夫萨游泳池具有危险的妩媚——对歌手有害的阴影①。现在，夜空没有一丝云彩，连雾霭也不见，显得特别深邃。

（那个身穿阿拉伯式白羊毛衫、模样很俊的孩子，名叫"阿祖斯"，意思是"宝贝儿"。另一个叫"瓦迪"，意思是"生在玫瑰的季节"。）

溪水如空气般温馨，

我们俯身浸润嘴唇……

一泓幽暗的水流，夜色中看不清楚，一直到月光在水面洒上一片碎银。这股溪水仿佛从树丛里流出来，有昼伏夜出的动物来活动。

比斯克拉——清晨

黎明即出去……冲进……清新的空气中。一株夹竹桃在抖瑟的清晨里摇曳。

比斯克拉——黄昏

这棵树上鸟儿啁啾鸣叫。咦！简直不能想象，鸟儿能叫得这么响亮，就好像树木在呼叫——仿佛所有树叶都在呐喊——因为

---

① 原文为拉丁文。

看不见隐藏在树冠中的鸟儿。我想：这种激情太强烈了，它们这样呼号会死掉的。今天晚上究竟怎么啦？难道它们一点也不知道，黑夜一过去，又会诞生新的黎明吗？难道它们害怕长眠不醒吗？难道它们想一夜之间尽欢而终吗？就好像一睡下去，便永远坠入漫漫的长夜里。暮春之夜多么短促啊！——嘿！夏之晨光又会将它们唤醒；它们快乐极了，只是模糊记得昨夜的睡眠，再把夜晚怕死的心情减轻一点儿而已。

比斯克拉——夜

灌木丛寂静无声，但周围的沙漠却震颤着蝈蝈儿的情歌。

舍特马

白昼渐长。——躺在这里。无花果树的叶子又长大了。用手搓搓叶子，便留下一股清香；叶柄流出泪般的乳浆。

骤热。——哈！我的羊群来了，我听见我所喜爱的牧人的笛声。是他过来呢？还是我迎上前去？

光阴慢移。——又是一个经年的干石榴挂在枝头，干瘪得裂开了，而那枝上已敛起新的花苞。斑鸠从棕榈树间掠过。蜜蜂在草地上忙碌。

（记得在昂菲达附近有口井，常有美妇人去汲水。离那儿不远耸立一块灰红色大岩石，有人对我说，岩石顶上常有蜂群盘旋；

果然，一群群蜜蜂在那儿嗡鸣，蜂巢就筑在岩缝里。到了夏天，蜂巢不耐暑热而化开，蜜浆顺着岩石淌下来，昂菲达的居民纷纷来采蜜。）——牧人啊，快来吧！——（我口中嚼着一片无花果树叶。）

夏！金子的熔流；繁茂丰足；强烈的阳光灿烂辉煌。爱的畅快的流溢！谁愿意尝蜜？蜂房的蜡已经融化。

不过，那天我所见到最美的景象，还是赶回圈栏的羊群，它们小小的蹄子急促地踏着地面，沙沙声宛如骤雨；大漠夕阳西下，羊蹄踏处尘土飞扬。

* * *

绿洲！犹如岛屿浮在沙漠上。远处的棕榈树碧绿，标明那里有水源，树根可以畅饮。有时的确水如泉涌，夹竹桃俯向水面。——那天，约莫十点钟，我们到达那里，起初我们不愿意再往前走了。园中的鲜花十分娇媚，让人依恋难舍。——绿洲！（阿赫迈德对我说：下一片绿洲还要美得多。）

绿洲。下一片绿洲更美，鲜花遍地开放，树木飒飒作响；更高大的树木；垂在更丰沛的水泉上。时值正午，我们下水洗浴。——然后，我们又得离去。

绿洲。下一片绿洲，叫我怎么说呢？它还要美上几分。我们在那里等候夜幕降临。

园林！我还是要说，薄暮时分，你是多么静谧而恬适！园林啊！有的青翠欲滴，给人以洗浴之感；有的宛似树木单一的果园，杏子成熟了；另一些园中鲜花盛开，蜜蜂嘤嘤，花香四溢，浓烈得令人欲饮，像醇醪那样令人沉醉。

翌日，我只爱沙漠了。

* * *

乌马什

中午，我们抵达绿洲，就在岩石和黄沙之间。烈日下的疲惫村庄，不像在等候我们。棕榈肃立不动。几个老翁在门洞里闲聊，男人昏昏欲睡，儿童在学堂里喧闹；妇女，一个也见不到。

这个村落由土房组成，几条小巷白天呈玫瑰色，黄昏时变成紫色；中午阒无一人，到傍晚就热闹起来；咖啡店座无虚席，儿童放了学，老翁依然在门洞里聊天；天色暗下来，女人登上露台，她们摘掉面纱，都像花儿一样美；她们久久地相互倾诉烦闷。

阿尔及尔这条街，中午时分弥漫着茴香酒和苦艾酒的气味。

在比斯克拉的摩尔人咖啡馆里，顾客只喝咖啡、汽水和茶水。阿拉伯茶叶，甘甜中略带胡椒和生姜味；这种饮料乏味，难以下咽，无法喝完一杯，令人联想起一个更为过分而极端的东方。

图古尔特的广场上，有卖香料的商贩。我们买了各种树脂香：有好闻的，有好嚼的，还有用于焚烧的。供焚烧的树脂制成丸状，点燃后冒出呛人的浓烟，同时散发一股沁人心脾的香味。这种烟气能引起宗教的玄想，清真寺举行宗教仪式时，焚烧的就是这种树脂香。口爵的香料会使人立时感到满嘴苦涩，粘在牙齿上，非常难受，吐掉之后许久，余味还不消失。嗅的香料只需闻其味儿罢了。

在特马西宁的伊斯兰教隐士家吃饭，最后端上餐桌的是香饼；糕饼上装饰着金黄色、灰色或玫瑰色的树叶，好像是用面包屑揉成的，入口酥脆，俨若嚼沙，倒不乏风味：有玫瑰香的，石榴香的，还有的似乎完全走了味。——在这里就餐，如不拼命吸烟，简直难有醉意。菜量多得倒人胃口，而每上一道菜，话题也就随之改变。餐后，一名黑仆拎来水壶，往你手指浇浸了香料的水，下面则用水盆接着。那地方的女人和你行乐之后，也是这样给你洗手。

图古尔特

在广场上宿营的阿拉伯人；熊熊的篝火；夜色中几乎看不清袅袅青烟。

——沙漠中的商队！晓行夜宿的商队，旅途劳顿的商队，每每为海市蜃楼所陶醉，而现在却垂头丧气！商队！我为何不能同你们一道出发，商队！

有的商队向东方跋涉，去搜罗檀香、珍珠、巴格达蜜糕、象牙和刺绣品。

有的商队向南方行进，去寻觅琥珀、麝香、金粉和鸵鸟毛。

还有的商队选择西方，黄昏出发，渐渐隐没在耀眼的夕照中。

我见过疲惫不堪的商队归来：骆驼跑在广场上，商人卸下货驮，那是用帆布缝制的大货包，不知道里面装的是什么货物。另几匹骆驼载着妇女，她们都躲在驮轿里。还有几匹骆驼驮着帐篷什物，晚间就支起帐篷宿营。啊！无边无际的大漠黄沙，无穷无尽的伟壮的劳顿！——广场上燃起了篝火，准备晚餐。

啊！多少次黎明即起，面向霞光万道、比光轮还明灿的东方；——多少次走到绿洲的边缘，那里的最后几棵棕榈树枯萎了，生命再也战胜不了沙漠；——多少次啊，我的欲望伸向你，沐浴在阳光中的酷热的大漠，正如俯向这无比强烈的耀眼的光源……要何

133

等激动的瞻仰、何等强烈的爱恋，才能战胜这沙漠的灼热呢？

不毛之地，冷酷无情之地，热烈赤诚之地，先知神往之地——啊！苦难的沙漠；辉煌的沙漠，我曾狂热地爱过你。

在那时时出现海市蜃楼的北非盐湖上，我望见犹如水面一样的白茫茫盐层。……我知道，湖面上映照着碧空，盐湖湛蓝得好似大海。……但是为什么会有一簇簇灯芯草，稍远处还会矗立着逐渐崩坍的页岩峭壁？为什么会有漂浮的船只和远处宫殿的幻象？——所有这些变了形的景物，悬浮在这片虚幻的深水之上。（盐湖岸边的气味令人作呕，岸边是可怕的泥灰岩，吸饱了盐分，烈日下暑气蒸腾。）

我曾见在朝阳的斜照中，阿马卡尔杜山变成玫瑰色，仿佛是一种正在燃烧的物质。

我曾见天边狂风怒吼，飞沙走石，令绿洲气喘吁吁，像一只遭受暴风雨袭击而惊慌失措的航船；绿洲被狂风掀翻。而在小村庄的街道上，瘦骨嶙峋的男人赤身露体，蜷缩身子，忍受着炙热焦渴的折磨。

我曾见荒凉的旅途上，骆驼的白骨蔽野。那些骆驼因过度疲顿，再难赶路，被商旅遗弃了，随即尸体腐烂，缀满苍蝇，散发出恶臭。

我也曾见过这种黄昏；除了虫鸣的尖叫，再也听不到任何歌声。——我还想谈谈沙漠：生长细茎针茅的荒漠，游蛇遍地，放眼望去，是一片随风起伏的绿色原野。

乱石杂陈的荒漠，不毛之地。页岩熠熠闪光，虎蚺虫飞来舞去，灯芯草干枯了。在烈日的暴晒下，一切景物都发出噼噼啪啪的声响。

黏土地表的荒漠，只要有涓滴之水，万物就会充满生机。只要下一场雨，万物就会葱绿。这里土地虽然过于干旱，难得露出一丝笑容，但是青草似乎比别处更嫩更香。由于害怕未待结实就被烈日晒枯，青草都急急忙忙地开花授粉播香，它们的爱情是急促短暂的。太阳出来了，大地龟裂、风化，水从各个裂缝里逃逝。大地坼裂得面目全非，大雨滂沱，激流涌进沟里，冲刷着大地；但是大地无力挽留住水，依然干涸而绝望。

黄沙漫漫的荒漠。——宛似海浪的流沙，不断移动的沙丘，在远处像金字塔一样指引着商队。登上一座沙丘，便可望见天边另一座沙丘的顶端。

刮起狂风时，商队便停下来，赶驼人躲到骆驼身后避风。

黄沙漫漫的沙漠——生命灭绝，唯有风和热的搏动，阴天下雨，沙漠犹如天鹅绒一般柔软，夕照中，则像燃烧的火焰；而到清晨，又似化为灰烬。沙丘之间形成白色的谷壑，我们骑马穿过，每个足迹都立即被尘沙覆盖。由于疲惫不堪，每到一座沙丘，我们总感到难以跨越了。黄沙漫漫的荒漠啊，我早就该狂热地爱你！但愿你最小的尘粒在它微小的空间，也能映现宇宙的整体！微尘啊，你还记得什么是生命，生命又是从什么爱情中分离出来的？微尘也希望受到人的赞颂。

　　我的灵魂啊，你在黄沙上看到了什么？

　　——一堆堆白骨、空空的贝壳……

　　一天早晨，我们来到一座高高的沙丘脚下歇阴。我们坐下；那里还算阴凉，悄然长着灯芯草。

　　至于黑夜，茫茫黑夜，我能谈些什么呢？

　　这是缓慢的航行。

　　海浪输却沙丘三分蓝。

　　胜似天空一片光。

　　——我熟悉这样的夜晚，觉得一颗颗明星格外璀璨。

扫罗①，你在沙漠中寻找母驴，却没有找到，不期得到了你无意寻找的王位。

---

① 《圣经·旧约》中希伯来人的第一位国王，约公元前1030年至公元前1010年在位。

养一身虱蚤也有乐趣。

生活对我们曾经是

野性和骤然的滋味

但愿这里的幸福，

赛似荒冢的繁花。

第八篇

我们的行为同我们紧密关联，

仿佛磷光依附于磷体；

那些行为固然构成我们的光辉，

但也无非是消耗我们自身。

我的精神，你在传奇般旅途中，曾经极度亢奋。

我的心啊！我曾经让你鲸吞牛饮。

我的肉体，我也曾使你饱尝情爱。

如今，我静下心来，要点数我的资财，结果一无所获。

有时，我抚今追昔，要搜寻一些记忆，以便敷衍一段故事。我在其中却几乎认不出自己，而我的生活却充满故事，我感觉自己生活在一种不断更新的瞬间。所谓静心默思，对我是一种不可想象的束缚。我再也不理解"孤独"一词了；我一旦感到孤单，就不再成其为自身，而是兼收并蓄，济济一身了，并且心系四方，无处不家，总受欲望的驱使走向新的境地。最美好的回忆，对我只不过是幸福的余波。最小的一滴水——哪怕涓滴之泪——只要滋润我的手，就变成一种弥足珍贵的现实。

梅纳尔克，我思念你！

说说看，你那只被浪花泡沫玷污的航船，又要驶向哪些海洋？

梅纳尔克，如今你豪华阔绰，惹人艳羡，又因为能引起我的欲望而沾沾自喜，难道你还不回来吗？现在我若是停下休息，却没有你那么富足……不行，你教我永远也不要歇息。——这种漂泊无踪的生活，难道你还没有厌倦吗？至于我，有时我会痛苦地呼号，但是做什么事都没有感到疲惫。身体倦怠时，我则怪自己懦弱，而我的欲望早就期待我更加勇敢些。——诚然，要说有什么遗憾，哺养我们的爱神哟，那也是任凭你呈献给我的美果腐烂，连咬也没咬一口，就白白损失了。——因为，据《福音书》上说：今日你失去一件，来日你会得到百倍的补偿……唉！我的欲望捕捉再多的幸福，对我又有什么用呢？我已经体验了极为强烈的快感，哪怕再多一点点，恐怕我也无缘领受了。

远方有人说我苦修赎罪……

然而悔痛于我又有何益？

——萨迪

是的，我的青春一片黑暗，

如今悔之已晚。

我没有尝过大地的盐，

也没有尝过大海的盐。

我原以为自己就是大地的盐，

也曾害怕会丧失自己的咸味。

大海的盐绝不会丧失咸味，可惜我的嘴唇已然衰老，尝不出味儿来了。当我的灵魂渴望咸味时，我怎么没有去呼吸大海的空气呢？如今，哪一种酒能令我陶醉？

纳塔纳埃尔啊！你的灵魂冲我快乐微笑时，你就尽情欢乐吧；你的嘴唇还适于接吻时，你的拥抱还有快感时，你就满足你要爱的欲望吧。

因为，你肯定会这样想，也会这样说：美果就在眼前，沉甸甸的，压得枝头弯下来，不胜其负；我的嘴也正对着，垂涎欲滴，但是双唇却紧闭着，双手也合十祈祷，无法伸过去；——我的灵魂和肉体都绝望地忍着焦渴。——时光也令人绝望地流逝。

（书念美女，难道这是真的吗？真是这样吗？——

你等过我，而我却一无所知！

你找过我，而我却没有听见你的足音。）

唉！青春——人只能一段时间拥有，其余时间便成追忆。

（欢乐来敲我的房门，欲念在我心中响应，我在跪着祈祷，没有去开门。）

诚然，流水还能灌溉许多田地，为多少嘴唇解渴。但是，我从流水中能了解什么呢？对我来说，除了清凉还有什么呢？而清凉一过，又化为灼热了。——我的快乐的表象哟，也如水一般流逝。即使祈愿水在这里长流，那也是为了清凉永驻。

江河流水那永不枯竭的清凉，涧溪永不停歇的流泻，你们已不是当初盛来给我洗手的那点水：那水洗完手便倒掉，只因不清凉了。汲来之水，恰如人的智慧。人的智慧，你没有江河流水那种永不枯竭的清凉。

* * *

失 眠

等待。等待；焦灼不安；小径上的韶光年华……对一切你所称之为"罪孽"的强烈渴望。一条狗对着月亮凄然地嚎叫，一只猫像婴儿一样啼号。城市终于要尝到一点宁静，以待次日全部希望焕然一新。

我记得在小径上徜徉的时光，赤脚踏在石板上；记得我的头倚在阳台湿漉漉的铁栏杆上，月光下，我皮肤的光泽像熟透待摘的果实。等待哟，你使我们憔悴……熟透了的水果，我们焦渴难忍时，才肯吃上一口。腐烂的水果，使我们满口臭味，还让我的灵魂躁动不安。——无花果哟，幸运的人趁年轻，急不可待地咬食酸溜溜的果肉，吮吸香甜的乳汁……解渴之后，精神重又振奋，再继续赶路——我们即将上路，结束我们艰难的时日。

（自不待言，我竭尽了全力，防止我这灵魂遭受重大损耗；不过，我只有消耗感官，才能转移灵魂对上帝的专注。而我的灵魂，原本夜以继日地瞻念上帝，千方百计地进行种种困难的祈祷，消耗自身以示虔诚。）

今天早晨，我是从哪座坟墓潜逃出来的？——（海鸟舒展双翅戏水。）纳塔纳埃尔啊！生活的形象，在我看来，就好像馋涎欲滴的口中一个美味的水果。

有些夜晚难以成眠。

在床上久久期待，往往自己也不清楚期待什么，我徒然寻觅睡意，但觉四肢像情欢之后那样绵软无力。有时，我仿佛在肉欲的快感之外，寻求另一种更隐秘的快感。

我愈饮愈渴，干渴时时加剧，最后变得十分强烈，真想为这种欲念大哭一场。

我的感官都磨损得已然透亮，在早晨进城时，蔚蓝的天色竟侵入我体内。

我的牙齿也因撕破嘴唇的表皮而感到剧痛，齿尖似已磨损。双鬓也因口腔吮吸而塌陷下去。——田野里洋葱开花的一丝气味，也会无端令我恶心。

失　眠

夜间听见喊叫和呜咽的声音：唉！哭声，这就是那类恶臭之花结出的果实，甘甜之果。今后，我将带着欲望的不可名状的苦闷去游荡。你那些遮风避雨的房屋令我窒息，你那些床笫也难再使我满足。——从今以后，你在那无尽的漂泊中不要再寻找目的地了……

——我们的干渴变得十分强烈，以致这水我喝下一满杯，才发现它多么令人作呕。

书念美女啊！在我看来，你就像一个熟果，吊在禁闭而狭小的果园树荫下。

哦！我暗自思量，全人类都在安睡和享乐这两种渴望之间疲惫不堪。——在极度紧张和高度亢奋之间，肉体颓然瘫软，只想入睡，啊！睡眠！——啊！但愿新的欲念不要突然萌生，又唤醒我去追求生活！……

全人类都像病人似的躁动，在病榻上辗转反侧，以求减轻痛苦。

几周劳作之后，便是永久的休息。

就好像人死了，还能保全什么衣服似的！(简单化。) 我们一旦溘逝，好比脱衣裳睡觉那样。

梅纳尔克！梅纳尔克！我思念你！……

是的，我知道，我说过：有什么关系呢？——在这儿还是在那儿，我们都同样会很好。……

现在，那边夜幕降临了……

噢！时光如能倒流！往昔如能复来！纳塔纳埃尔，我真想带你去领略我那充满爱情的青春年华，那时生命在我身上像蜜一样流动。——尝到那么多幸福，灵魂是否终能得到慰藉？须知我曾在那里，曾在那些花园里，那正是我而非别人，倾听着芦苇的吟唱，呼吸着花香，凝视并抚摩着那孩子，无疑，每度新春都伴随一种欢乐。然而，过去的我，那另一个人，噢，我如何才能复归为那个人啊！——(现在，雨敲打着城中的屋顶，我的房间孤零零的。) 这正是洛西夫那边放牧归来的时候，羊群从山上返回；沙漠在夕照中金光闪闪；傍晚的宁静……现在；(现在)。

144

6 月之夜——巴黎

阿特曼，我思念你哟；比斯克拉，我思念你的棕榈。——图古尔特，我思念你的黄沙……——绿洲，沙漠的热风是否还在肆虐，刮得你的棕榈飒飒直响？晒裂的石榴，你是否听凭酸涩的籽粒坠落？

舍特马，我记得你那清凉的溪流，还有你那一靠近就出汗的温泉。——坎塔拉金桥哟，我记得你清亮的早晨和迷人的黄昏。——宰格万，我又看到你那无花果树和夹竹桃。——凯鲁万，我又看到你的仙人掌；苏塞，我又看到你的橄榄树。——乌马什，我想象你的荒凉，沼泽中间的断壁残垣的城市；还有你，晦暗的德罗赫，穷乡僻壤、荒沟芜谷、苍鹰盘旋的地方，我也想象你的萧索。

高耸的舍加，你是否一直凝望着沙漠？——姆赖耶沙漠，你是否还把纤弱的柽柳浸在盐湖中？——特马西纳，你始终还在阳光下憔悴吗？

我记得昂菲达附近那块荒瘠的岩石，每逢春天就从石上淌下蜂蜜来，记得旁边还有口水井，美妇常半裸着身子去汲水。

阿特曼的小屋，一直摇摇欲坠的小屋，你是否还在那里，现在沐浴在月光下？——在那小屋里，你母亲在织布，你那嫁给阿穆尔的姐姐在唱歌或讲故事；离那儿不远，在灰蒙蒙昏沉沉的泉水边，一窝斑鸠在夜间咕咕叫。

欲念啊！多少夜晚我辗转难眠，全神贯注于一种梦想！啊！这梦想如若是暮霭，是棕榈树下的笛声，是幽径上的白衣，是强光衬出的柔和影子……那么我就前往！……

小小的土陶油灯！夜风摇曳着你的火苗；窗户消失了，只有一方天空；屋顶上宁静的夜；月光。

在那空寂的大街小巷，有时一辆公共马车、一辆出租马车驶过；远处，火车长鸣，离开城区疾驶而去，大都市等待着晨醒……

室内地板上的阳台影子，在洁白书页上摇曳的灯光。呼吸声。

现在，云彩遮住月亮，眼前的花园宛若一池碧水……呜咽，紧闭的嘴唇，自信得过分，思绪不安。叫我怎么说呢？"真实的事物"。——他人——"他的"生活重要性；对他讲……

颂 歌

——代结束语

献给安·纪德先生

她把眼睛转向初现的星辰，说道："那些星星的名字我知道，每颗星星都有好几个名字，也各有各的效能。它们的运行看似平稳，实则迅疾，因而才炽热闪光。躁动的活力是它们疾速运行的动因，而光芒则是其结果。一种内在的意志推动并指引它们运行，一种美好的热情使它们燃烧并耗损。唯其如此，它们才璀璨绚丽。

"那些星星各具效能和力量，因而紧密相连，此星附于彼星，一星系于全体。每颗星都有既定的轨道，并且循规蹈矩，如若改道易辙，势必干扰其他星辰的运行，只因每颗星无不相互依存。每颗星都选择既定的轨道运行，既是它应遵循的、也是它愿遵循的轨道。每条轨道，在我们看来似乎是命中注定的，却又是每颗星最喜欢的，是它的心愿所归。它们为一种痴迷的爱所指引，而它们的选择又规定了运动的法则；我们都受制于这些法则而无法摆脱。"

尾 声

　　纳塔纳埃尔，现在抛掉我这本书吧，从这本书中摆脱出来吧。离开我，离开我吧。现在，你缠住我不放，扰得我心烦。当初我对你过分的爱，现在让我不胜其负。佯装教育人我也厌倦了。我什么时候说过要你变成我的样子呢？正因你不同于我，我才爱你，我爱的仅仅是你身上与我不同的东西。教育！——除了我本身，我还能教育谁呢？纳塔纳埃尔，要我如实相告吗？我不断地反躬自省。我自诲不倦。我向来只根据我能做什么来评价自己。

　　纳塔纳埃尔，抛掉我的书吧。不要在这书中寻求满足。也不要以为别人能代你找到，这种念头正是你的奇耻大辱。假如我为你找来食品，你反而不饿了；假如我为你铺好床铺，你反而不困了。

　　抛掉我这本书吧，须知对待生活有千姿百态，这只是其中的一种。去寻求你自己独特的生活方式吧。别人能做得跟你同样好的事情，你就不必去做；别人能写得跟你同样好的文章，你就不必去写。凡是你感到自身独具、别处皆无的东西，才值得你眷恋。啊！既要急切又要耐心地塑造你自己，把自己塑造成为无法替代的人。

新食粮

第一篇

一

等到我再也听不见大地的声响，再也吮吸不了大地的甘露那时候，你就会来了，以后也许你要看我这本书——要知道，我这部书稿正是为你写的，考虑到你对生命的好奇心大概还不够，还未以应有的态度赞赏自己的生命这一惊人的奇迹。有时我倒觉得，你要带着我这种焦渴去畅饮，而且也恰恰是我的欲望，令你俯向并爱抚另外一个人。

（欲望一旦变得多情，变得模糊不清，多么令我赞赏啊。我的爱扩散开来，朱庇特哟，一下子就裹住欲望的整个躯体，我就仿佛不知不觉化为云海。）

漫游的清风

爱抚过鲜花。

我一心倾听哟

人世初晨的歌。

清晨的陶醉，

朝霞、花瓣，

都沾满了露水……

不要过分等待，

要听从最亲切的劝告，

让未来缓慢地

侵入你的肌体。

阳光的温暖爱抚

变得特别轻柔，

多么胆怯的心灵，

也会沉迷于爱情。

人就是为幸福来到世间，

自然万物无不这样指点。

一种弥散的快乐沐浴土地，而这快乐却是大地应阳光的呼唤

154

渗出来的，就像大地制造出这种亢奋的氛围，元素虽还处于抑制状态，但是已经具有生命，要摆脱原初的桎梏……只见错综复杂的法则产生了种种绚丽的现象：四时交替；潮涨潮落；水汽蒸发，又化雨返回大地；日复一日，平静地转换；季风来而复去；活跃起来的万物，都由和谐的节奏维系着平衡。一切都在酝酿快乐。这不很快就要具有生命，在绿叶中放肆地悸动，很快就要有个名称，分门别类，成为鲜花的芳香、水果的美味、鸟儿的意识和鸣声。因此，生命的复苏，发出信息，复又消逝，恰似水的循环；水在阳光下蒸发，重又凝聚为雨水。

每个动物都是快乐的一个载体。

万物都喜爱生存，而生存之物无不安乐。当快乐变得美味可口时，你就称为水果。当快乐变成歌声，你就称为鸟儿。

人就是为幸福来到世间，自然万物无不这样指点。正因为努力寻求欢乐，植物才发芽，蜂房才酿满蜜，人心才充满善良。

野鸽在树枝间欢跳，枝丫在风中摇曳，风吹斜了白色小船，在透过枝叶可见的波光粼粼的海上，那海涛卷起雪白的浪尘，还有那笑声、那蓝天，还有这一切的清亮，我的姊妹啊，这是我的心在诉说，向你的心诉说它的幸福。

我不大清楚谁能让我降生到这世上。有人对我说是上帝，不是上帝又能是谁呢？

我的确觉得，人生乐趣无穷，有时我甚至猜想，我出世之前就已渴望生存了。

不过，这种神学的讨论还是留待冬天吧，因为一讨论起来会惹许多闲气。

一扫而光。彻底清除，一切荡然无存！我赤条条立在处女地上，面对要重新繁衍的天地。

嘿！我认出你了，福玻斯[①]！你在结霜的草坪上方披散开浓发。带着你的弓箭来解救吧。你的金箭射穿我这闭合的眼帘，正中里面的阴影；你的金箭胜利了，打败了里面的妖魔。请给我的肌肤带来鲜艳和欲望，给我的嘴唇带来焦渴，给我的心带来迷惑吧。你从九霄向大地投下无数丝线的天梯，我要抓住最迷人的一条。我的双脚离开了地面，抓住一束阳光的末端摇荡。

我喜爱你哟，孩子！我要带你一起逃走。要手疾眼快，抓住这束阳光；这就是太阳！卸掉你的负载吧，过去的包袱再怎么轻，也不要让它扯你的后腿。

不要再等待！不要再等待啦！壅塞的道路啊！我要穿行而过。现在轮到我了。那束阳光向我示意。最可靠的向导，就是我的欲望，而今天早晨，我对一切都充满了爱。

---

① 希腊神话中的太阳神，即阿波罗。

万道光线交织，来到我的心上结扎起来。我用千百种敏感织成一件神奇的衣裳。神透过衣衫冲我笑，我也冲神微笑。谁说伟大的潘神已经死啦？我透过呼出的水汽瞧见他了。我的嘴唇也向他伸过去。今天早晨，我不正是听见他喃喃说道："你还等什么呢？"

我用思想和双手拉开重重帷幕，再也没有眼障，唯见光灿灿、赤裸裸的一片。

春天你这么懒洋洋，
我求你要温厚雅量。

春天你这么无精打采，
我这心投入你的胸怀。

我这犹豫不决的思想，
随着微风四处飘荡。

柔和的光线漫流，
蜜一般将我浸透。

啊！唯有通过睡眠，

才看得见和听得见。

我透过眼帘，
迎接你的光线。

太阳哟爱抚着我，
请原谅我的懒惰…

痛饮吧，宽容的太阳，
我这心田毫无设防。

新型亚当，今天由我来洗礼。这条河流，就是我的焦渴；这片荫凉的树林；就是我的睡眠；这个光身的孩子，就是我的欲念。鸟儿歌唱，就是我爱情的声音。我的心在这蜂房里嗡鸣。能推移的地平线啊，你就做我的边界吧：你在斜阳下还要往远推移，越发变得朦胧，变得蓝莹莹的。

这是爱情和思想的微妙汇流之处。
这页白纸在我面前闪闪发亮。
上帝要化为人形，同样，我的思想也要服从节奏的规律。
我这个善于再创造的画家，在这里要给我的美满幸福的形象涂上最动人、最鲜艳的色彩。

我只想抓住文字的翅膀了。是你吗，野鸽，我的快乐的化身？唔！先不要飞上天空。停在这里，歇息一下吧。

我趴在地上，身边树枝鲜果累累，弯下去接触到青草，拂弄最细嫩的草尖，稍加上野鸽一阵咕咕叫的分量，就摇晃起来。

我写这本书是为一名少年，一名像我十六岁时那样，但更自由又更成熟的少年，为让他日后能从中找到他惴惴不安提出问题的答案。不过，他会提出什么问题呢？

我同这个时代没有多大接触，而同时代人的种种游戏，也从未引起我多大兴趣。我从现时俯过身去，更有甚者，我预感过了一段时间，再回顾今天我们觉得生死攸关的问题，就会很难理解了。

我幻想新的和谐。文字的一种艺术，更为精妙，也更明快，不尚浮华辞藻，也不图证明什么。

噢！谁能把我的思想从逻辑的沉重锁链中解脱出来？我最真挚的激情，一表达出来就走了样儿。

生活可能会更美好，超过人们所允许的程度。智慧并不存乎理性，而是寓于爱中。唉！时至今日，我的生活也过分谨小慎微了。必须无法无天，才能摈弃新的法律。解脱啊！自由啊！我的欲望能抵达哪里，我都必定前往。我喜爱你哟，跟我一道走吧，我要把你一直带到那里；但愿你能走得更远。

遇 合

我们从早到晚开心，完成生活的各种举动，就像跳舞一样，又像完美的体操运动员，务求一举一动完全和谐，富有节奏感。马克去打水，压水泵，提水桶，无不合乎精神的节奏。我们要下窖去取一瓶酒，拔开瓶塞，再斟酒开饮，所有动作无不心中有数，都经过分解组合的。我们碰杯祝酒节奏鲜明。我们发明一些摆脱困境的步伐，还发明一些步伐表露或掩饰意乱心烦。有哀悼的快三步，也有贺喜的快三步。有巨大希望的轻快舞步，也有正当向往的小步舞。就像在著名的芭蕾舞中那样，我们既有小口角舞步、大争吵舞步，也有言归于好舞步。我们都擅长集体一致的动作，不过，完美伙伴的舞步则要单独完成。我们发明的最富情趣的步伐，就是大家一齐沿着宽阔的草地跑下坡去洗浴：步伐极快，因为都想跑一身大汗，于是连蹦带跳，而草地又适于大步跨跃，同时伸出一只手，好似追赶电车，另一只手则抓住在我们身上飘动的浴衣；我们气喘吁吁跑到水边，欢笑着背诵马拉美的诗句，立刻跳下水。

然而你会说，这一切还缺少点随意性，就很难有多大激情……哦！刚才我忘了讲：我们也有突发的欢蹦乱跳。

我一旦确信我不需要追求幸福，不料幸福就开始常驻心头了，是的，就是从我确信我什么也不需要就能幸福的那天起。我朝利己主义刨了一镐头，心中立刻大量涌流出快乐，足以供所有人畅饮。我随即明白，最好的教导就是表率。我把自己的幸福当成一种使命来承担。

　　"怎么！"我想道，"如果说，你的灵魂势必要随肉体泯灭，那就尽快欢乐吧。或者，如果说灵魂永存不灭，那么你就有永生永世，不是可以从容地关注你的感官没有兴趣的方面吗？你穿越这个美丽的国度，是不是因为它的魅力很快就要在你眼前剥夺走，你就不屑一顾，拒绝欣赏呢？你穿越的速度越快，目光也就越要贪婪；你逃离得越匆忙，拥抱也就越要果断！我作为瞬间的情人，明知留恋不住，为什么就不能那么深情地拥抱呢？不能专一的灵魂哟，抓紧时间吧！须知最美丽的花朵也最先凋谢。赶快俯身去闻它的芳香吧。永不凋谢的花朵是没有香味的。"

　　天生欢快的灵魂，你的歌声是清亮的，再也不必担心会有什么能使之黯然失色。

　　不过，现在我已然明白，事物都来去匆匆，唯有上帝永存，上帝并不久驻于物体之内，而是寓于爱中，现在我懂得如何在瞬间体味恬静的永恒了。

这种快活的心态，你若是不善于保持，也不要执意去追求。

温和而奇妙的景观

迎候我睡醒的双眼！

我绝不会声称

是非物质的化身；

但我爱你，无云的碧空。

我就像精灵一样轻盈，

如若依恋一角蓝天，

我就会命丧黄泉。

没有比这更具实质性，

据我所知来判断。

倾听你就意味听得见。

我不愿再久等，

要品尝这蜂浆。

今天早晨，就像提笔写字的人，知道墨水蘸多了点儿，怕滴在纸上，便写了一些花体字。

二

我心中感激，便每天创造上帝。每天醒来发现自己存在，就不免惊奇，赞叹不已。为什么解除痛苦只带来很少快乐，而欢乐结束却造成很大痛苦呢？其原因就是，你在痛苦中，总想着你没有得到的幸福；而在幸福中，就根本不想你侥幸免遭的痛苦；也就是说，你天生就是快乐的。

一个人该享受多少快乐，要视其感官和心灵的承受力而定。我的份额哪怕剥夺一点儿我也是遭受了抢劫。我无从知晓我出世之前是否渴望生活，但是现在既然活在世上，我就理应享受这一切。当然，我的感激之情极为诚笃，势必就有一颗诚笃的爱心，因此，微风稍许爱抚，就在我心中唤起一声感谢。常怀感激之情，我就懂得将抑面而来的一切化为快乐。

我们的思想抓住逻辑的扶手，就是怕跌跤的心理在作祟。有逻辑，就有摆脱逻辑的东西（毫无逻辑令我恼火，过分强调逻辑，也让我受不了）。有人爱讲道理，也有人让别人有道理去（假如我的理智认为我的心不该跳动，那么我却要断言我的心有理）。有人轻生，也有人轻道。正因为没讲逻辑，我才意识到自身。我最宝贵最欢快的思想哟，我何必还煞费苦心证明你的产生是合理的呢？今天早晨，我翻阅普鲁塔克 ① 的《名人列传》，看到罗慕路斯和忒修斯 ② 一章，这两个城邦国家的奠基人，不是因为是"秘密结合的夫妻秘密"生下来的，就被人们视为神的儿子吗？……

我完全受我的过去的束缚。今天任何行为，无不受我昨日状态的规定。不过，在这急促、短暂而不可替代的瞬间，我的所为却可以逃脱……

啊！能够逃脱我自身！我要跳过自尊强加给我的约束。我迎风张开鼻孔。啊！起锚，去冒天大的危险……但愿这不会给明天造成后果。

我的思想绊到"后果"这个词上。我们行为的后果，自身的后果。我等待自己的，难道只有后果吗？后果，妥协，循规蹈矩，我不想走了，而想跳跃；一脚踢开过去，矢口否认过去，再也不信守诺言：原先我也太守信啦！未来哟，不忠实的，我多么爱你！

我的思想哟，什么海风或山风，才能带着你飞跃？青鸟儿，浑身悸动，拍打着翅膀，待在峭壁的边缘，不管现时把你送到多远，你还是要向前，你已经全神贯注，朝前冲去，逃匿于未来中。

新的不安啊！尚未提出的问题！……昨天的折磨已使我精疲力竭，让我尝尽了苦头，我再也不相信昨天了；我探身望这未来深

---

① 普鲁塔克（约46—120），希腊语作家，著有《希腊罗马名人传》。
② 洛幕鲁斯是罗马的创建者和第一个国王，忒修斯是雅典城的创建者。

渊，丝毫也不头晕目眩。深渊的风啊，把我卷走吧！

三

每种肯定都以否定而告终。你自身舍弃的一切，都将存活。一切力图自我肯定的，反而自我否定；一切力图自我否定的，反而得到肯定。完全的占有，只有通过奉献才得以证实。凡是你不善于给出的，反过来会占有你。没有牺牲就谈不上复活。不祭献就不可能充分发展。你自身有意保护的东西，却要日益萎缩。

你怎么能看出果实熟了呢？——一离枝儿就看出来了。成熟就是为了奉献，最终无不成祭献品。

啊！由快感包裹的无比甜美的果实，我知道你必须放弃自身才能发芽。你周身的甜美，让它死掉！让它死掉吧！这厚厚的香甜美味的果肉，就让它死掉吧！因为它属于大地。让它死掉，你才能活下去。我知道："果实如若不死，就只能孤孤单单。"

上帝啊！告诉我如何不是为了死去而等待死亡。

任何美德，唯有舍弃自身才能圆满。果实的无比甜美，就是要追求萌芽。

真正的雄辩是放弃雄辩。个人唯有忘我才能得到确认。只考虑自己的人举步维艰。我一向最赞赏不知其美的美。最动人的线条，也是最柔顺的线条。基督正是放弃了神性，才真正变为上帝。换言之，正是以基督之形舍弃自身，上帝才创造了自己。

遇　合

致让－保罗·阿莱格列

（一）

那天，我们信步走在巴黎街头，走到塞纳河街时——你还记得那条街吧——遇见一个可怜的黑人，我们久久地打量他。那是在菲茨巴舍书店前面。我说明这一点，就是因为大家往往只顾抒情，根本不考虑准确性了。且说我们停下脚步，佯装欣赏书店的橱窗，其实是打量那个黑人。他显然十分穷苦，他越极力掩饰穷相就越看得出来，他是个自尊心极强的黑人。他头戴高筒礼帽，身穿合体的短礼服；不过，那顶帽子像马戏团小丑戴的那种，而礼服也破碎不成样子；贴身固然穿了衬衣，但也许仅仅因为穿在黑皮肤上才显出白色来；他的穷困从他那双磨破的鞋子看得尤为明显。他走路步子很小，完全像一个丧失目标的人，很快就不能往前走了。他每走三四步停一停，尽管天气挺冷，还是摘下炉筒帽扇扇风，再掏出一块脏手帕擦擦脑门儿，然后放回兜里。那头乱蓬蓬的白发下，露出宽阔的脑门儿；那目光无神，恰似一个对生活再也毫无指望的人；他仿佛视而不见迎面走过的行人，不过，一见有人驻足打量他，他出于自尊立刻戴上帽子继续走路。他肯

166

定抱着希望去拜访了什么人，结果空手而归。看那神态，他不再抱任何希望了，就像要饿死的人，宁愿饿死也不再去折腰乞求了。

毫无疑问，他要表明，并向自己证明，不光是黑人才会落到这种屈辱的境地。噢！我真想跟上去，看他去哪里；其实，他没有可去的地方。噢！我真想上前同他攀谈，但又不知怎么讲才不会触怒他。再说，当时有你在场，我不清楚你对生命和一切有生命之物，究竟关心到什么程度。

……唉！不管怎么说，我本该上前同他谈谈。

（二）

就在当天稍晚些时候，我们乘地铁回来，遇见那个善气迎人的矮个儿男人。他吃力地抱着一个有布罩的玻璃鱼缸，从布罩侧面的开口看得见里面，但是外边又整个儿包了一层纸。起初还真弄不清里面装的是什么，看包得那么严实，我不禁笑着对他说："这是颗炸弹怎么的？"

于是，他把我拉到灯光旁边，诡秘地回答："这是鱼。"

他生性随和，也感到我们很想聊聊，就立刻补充说："我把鱼遮起来，免得惹人注意。不过，假如你们喜爱好看的东西（想必你们是搞艺术的），我就让你们瞧一瞧。"

就像母亲给婴儿换褓裸似的，他小心翼翼地打开鱼缸外面的纸包和罩布，同时接着说道："这是拿出来卖的，是我养的鱼。瞧！这些小的，每尾十法郎。别看这么小，但你们想象不出这非

167

常稀有。而且非常好看！阳光一照，你们再瞧瞧看。喏！这条绿色，这条蓝色，这条粉红色；鱼本身 没有颜色，但是阳光一照就五颜六色了。"

玻璃缸水中有十来条灵活的颌针鱼，轮番游到布罩的开口处，的确色彩缤纷。

"是您养的吗？"

"我还养不少别的鱼！不过，那些鱼我不拿出来卖，人娇嫩了：想一想吧！有的每尾值五六十法郎。买主要到我家去看，只有成交才能拿出去。上周有个喜欢鱼的阔佬，花一百二十法郎买走一尾。那是一条中国金鱼，有三条尾巴，就像帕夏①的脑袋……是不是很难养？当然难养啦！鱼食就是个难题，鱼总得肝病。每周要放一次矿泉水，这样成本就高了。如果不这么难饲养，当然就不贵了，那就跟兔子一样了。先生，你喜欢养鱼，应当去我家瞧瞧。"

现在，我把他的地址丢了。唉！真后悔没有去一趟。

（三）

"考虑问题，"他对我说道，"就应当从这一点出发，即最重要的发明创造，还有待于逐一发现。这些发明创造，无非表明观察到了最简单的事实，因为，大自然的所有奥秘都明摆着，我们天

---

① 帕夏：奥斯曼帝国省总督。

天熟视无睹。将来的人会觉得我们很可怜，将来他们利用了太阳的光和热，就会可怜我们的照明和燃料，还是千辛万苦从地下开采出来的，不为子孙后代着想而浪费了煤炭。在节俭方面，人是最灵巧的，可是什么时候才能搜集不适用或多余的热量，汇总到地球所有热点上呢？会做到的！总有一天会做到，"他以说教的口气继续说道，"等地球开始变冷的时候，就会做到了，因为到那时，煤炭也开始缺乏了。"

"可是，"我见他又要陷入枯燥的玄想中，就想用话岔开，"看您这么洞彻事理，想必您本人一定是个发明家了？"

"先生，"他立刻接过话题，"最伟大的人，不见得最有名气。请问，比起发明轮子、针和陀螺的人来，或者比起头一个发现孩子玩的滚圈能立得住的那个人来，一个巴斯德、一个拉瓦锡、一个普希金又算什么呢？关键就在于观察。然而，我们在生活中，什么也不注意看。比方说吧：衣兜儿，这是多么了不起的发明啊！怎么样！您想到了吗？可是，人人都在使用。跟您说吧，只要善于观察就行了。喏，瞧吧，要当心刚进来的那个人。"他突然改变了口气，并扯着袖子将我拉开，"他是个老笨蛋，自己没有任何发明，却总想剽窃别人的发明。在他面前，请您一个字也不要提（他是我的朋友 C，是济贫院的主治医生）。瞧瞧他是如何盘问那个可怜的神父的：那边那个绅士，虽然一身世俗打扮，其实他是个神职人员，也是个大发明家。非常遗憾，我同他谈不拢，我认为我同他一起，肯定能干出很大名堂；可是，每次我对他讲点什么，他总像用中国话回答。再说，近来他还总躲着我。等一会儿那老笨蛋走开之后，您就去见他。您会看到，他懂得不少有趣的事情，也看看他考虑问题是否有连贯性……喏，他现在一个人了，去吧！"

"等一下，您先告诉我，您发明了什么？"

"您想知道？"

他身子朝我探过来，随即又猛地朝后一仰，口气异常严肃地低声说道："我是纽扣的发明者。"

我的朋友 C 既已离开，那位"绅士"坐在那里，双手捧着头，两肘支在膝上，于是，我朝那座椅走去。

"我是不是在什么地方见过您？"我就这样同他搭讪。

"我也有这种印象，"他打量我一眼，就说道，"不过，说说看，刚才是不是您在同那位可怜的大使交谈？对，就是在那边独自散步的那位，他就要转过身去了……现在他怎么样啦？当初我们是好朋友，可是他生性特别嫉妒。从他明白少不了我之后，他就再也容忍不了我了。"

"怎么会这样呢？"我冒昧地问道。

"一讲您就明白了，亲爱的先生。他发明了纽扣，大概他告诉您了吧。不过，扣眼是我发明的。"

"因此你们就闹翻了。"

"当然了。"

（四）

在《福音书》中，我找不出什么明确的禁忌。问题倒是在于要尽量以明亮的目光瞻仰上帝，而我却感到，这世上我所贪图的每件物品，都变得不透明了，正因为如此，我才贪婪尘世，整个世界才很快就丧失了透明性，或者说我的目光失去明亮，我的灵魂再也感知不到上帝，抛开造物主而去亲近造物，也就不再生活在永恒之中，不再拥有上帝的王国了。

我又回到你面前，天主基督，正如回到你是活化身的上帝面前。我厌倦了，不想再蒙骗自己的心灵。我童年的神圣朋友，我原以为逃避你，却到处都与你重逢。我确信我这苛求的心，现在只有找到你就如愿以偿。唯独我自上的恶魔还否认你的教导是完善的，否认除你之外，我可以放弃一切，而我放弃一切才能重新找到你。

真正青春的门槛，

天堂的大门，

新的狂欢

迷醉我的灵魂……

主啊！让我的迷醉有增无减。

要填平这空间，

不要让我这灵魂

再同你隔断，

灵魂失意也不忘天尊……

主啊！让我的狂喜更加滋蔓。

干涸的沙滩

有赤足的脚印，

我天真的诗篇

也不排除押韵。

无忧无虑而狂喜，

把过去完全遗忘，

我的灵魂游弋

在有节奏的波浪上。

小树林欢笑，

只因鲜花初放，

大量鸟儿做巢

在哭泣的老橡树上。

摇动枝叶吧欢笑

神圣的节奏！

我尝过一种饮料，

比美酒还醇厚。

光线啊太强烈，

穿透我的眼帘！

主啊你的真理

刺伤我的心田。

遇　合

那是在佛罗伦萨一个节日。什么节日？记不清了。我的窗外是阿尔诺河滨路，在三圣桥和维奇奥桥之间。我伫立在窗前观赏人群，等待萌生投身进去的渴望，那要到傍晚气氛更加热烈的时候。我朝上游望去，只见维奇奥桥一片嘈杂，人群纷纷跑向那里；那正是在桥中间，没有遮拦，桥上镶缀的房屋在那里中断。我望见人们蜂拥过去，俯在桥栏杆上，伸臂指着浑浊河水中漂浮的一个小物品；那小物品没入漩涡中，再浮出来，被激流冲走。我下楼去询问，行人说是一个小姑娘掉进河里，她由衣裙托着漂浮了一会儿，现在沉下去不见了。靠岸几只小船解开缆绳，有人用挠钩在河中打捞，忙到天黑也没有打捞上来。

岂有此理！密密麻麻那么多人，谁也没有留意那女孩，在她要落水时抓住她？……我走到维奇奥桥。就在小姑娘投河的地点，一个约有十五岁的男孩在回答行人的问题。他讲述了事情的经过：他看见那小姑娘突然跨过栏杆，就冲过去，抓住她一只胳膊，拎着她悬空待了一会儿，而身后来往的行人却毫无觉察。他要把小姑娘拉上桥，一个人又力气不够，很想喊人帮忙，可是那小姑娘却对他说："别拉了，让我去吧。"那声调极其哀婉，他终于撒开手。小男孩哭着叙述这一经过。

（他本人也是个可怜的孩子，无家可归，那身衣衫破烂不堪，但也许还没有那么不幸。我想，他抓住那女孩的胳膊，要同死神争夺她的时候，也一定和她同样感到绝望，心里也同样充满能为他俩打开天堂之门的绝望的爱。他是出于怜悯才撒手的。"恳求……放开。"①）

有人问他是不是认识那女孩；不认识，是头一回见到。谁也不知道那女孩是什么人，后来调查几天也毫无结果。尸体捞上来了，看样子有十四岁，瘦骨嶙峋，衣裙十分褴褛。我真希望多了解些情况！她父亲是不是找了个姘头，她母亲是不是找了个汉子，她赖以生存的东西，在她眼前突然崩塌了……

"可是，"纳塔纳埃尔问我，"你这本书是写快乐，为什么要讲述这件事？"

"这件事，我本想以更简单的语言讲述。老实说，冲击不幸的

---

① 原文为意大利文。

174

那种幸福，我绝不要。剥夺别人财富的那种财富，我也绝不要。如果我的衣裳是剥夺别人身上的，那我宁愿在世上光着身子。主啊基督！你摆了宴席，你那天国的盛宴之所以美，就因为邀请了所有人。"

* * *

这尘世间还有多么深重的穷困、苦难、灾祸和惨事，幸福的人一想到这一点，就不能不感到惭愧。然而，自己不能获取幸福的人，就无法帮助别人实现幸福。我感到内心有一股要幸福的热切愿望。不过，凡是靠损害别人、强占别人的方式得到的幸福，在我看来都是可憎的。再深一步探讨，就触及悲剧性的社会问题了。我这番道理的全部论据，也挡不住我从共产主义斜坡滑下去。[①] 要求富有的人分散其财产，我认为是个错误；况且，期待富有的人自动放弃他们视为生命的财富，那纯粹是痴心妄想。我一向憎恶独占任何财富；至于我的幸福，完全是上天的赐予，死亡从我手中夺不去什么东西。死亡能从我手中夺走的，也无非是零散的、天然的、不受控制和人所共有的财富。尤其是这种财富给我足足的享受，其余的就无所谓了，我喜欢小客栈的餐饮胜过最

_____

[①] 这个下坡在我看来倒是上坡，而我的理智在这坡上和心灵汇合了。我说什么？今天，我的理智却赶到前边去了。如果说，我有时看不惯仅仅是理论家的某些共产党人，那么今天，另一种错误，即把共产主义变成一种感情问题，我认为同样是严重的。(1935年3月)——作者原注

175

丰盛的宴席，喜欢公园胜过高墙围起来的最美的花园，也喜欢散步时带着也不必担心的书籍，胜过最珍稀的版本；同样，一件艺术品，如果只能由我一人欣赏，那么它越美，我的忧伤也就越压倒我的快乐。

我的幸福就在于增添别人的幸福，我有赖于所有人的幸福，才能实现个人幸福。

* * *

我始终赞赏《福音书》中追求快乐的非凡努力。书中向我们传达基督的话，头一个词就是"幸福的……"他显圣的头一件事，就是把水变成酒。(真正的基督徒，喝纯净的水也足以沉醉。迦拿①的神迹，正是在真正的基督徒身上再现。) 然而，经过人们的可恶阐述，才导致崇拜《福音书》，圣化了悲伤和痛苦。只因基督说过："来找我吧，你们都受苦受难，我会给你们解除苦难。"人们就以为，只有折磨自己，饱尝痛苦，才能去见上帝；人们把上帝给人解除苦难变成了"赦罪"。

* * *

我早就觉得，快乐比忧伤更珍稀，更难得，也更美好。一旦发现这一点，无疑这是此生所能有的最重要的发现，快乐对于我

---

① 迦拿：巴勒斯坦北部城市，相传基督在此首次显圣，将水变成酒。

来说，就不仅像过去那样是一种天生的需要，还成为一种道德的义务了。我认为，向周围传播幸福，最有效、最可靠的办法，就是本人做出表率，因此，我决意要幸福。

我写过这样一句话："幸福而思考的人，可谓真正的强者。"——因为，基于愚昧的幸福，同我又有什么关系呢？基督的头一句话："幸福的是哭泣的人"，就是让人在快乐中，也要理解悲伤。谁认为这是鼓励哭泣，那么他的理解就大错特错了。

第二篇

我思，故我在。——

就是"故"这个词蹩脚。

我思，我就存在；下面的说法也许更有道理：

我感知，因此我存在——或者说：我认为，因此我存在——
这就等于说：

我想我存在。

我认为我存在。

我感到我存在。

这三种说法，我倒觉得最后这种说法最确切，也是唯一确切
的。因为归根结底，"我想我存在"，也许并不包含我存在的意思。
同样，"我认为我存在"，就是模仿"我认为上帝存在"，一种证明
上帝的方法，这样照搬未免胆大妄为了。至于"我感到我存在"，
在这里，我既是判断者又是当事人，怎么还会弄错呢?

我思，故我在——我想我存在，因此我存在。——因为，我总得想点儿什么事情。

例如：我想上帝存在。

或者：我想一个三角形的三个角等于两个直角，因此我存在。——在这里，倒是"我"无法确定，……可以说，因此这个存在——"我"是中性的。

我想：因此我存在。

完全可以说：我痛苦，我呼吸，我感觉——因此我存在。不错，如果说人不存在就不能思考，那么人存在完全可以不思考。

然而，只要我仅仅感觉到，那么我存在而并不考虑自己存在。通过思考这种行为，我意识到自己的存在；但是这样一来，我就不再是简单的存在；我是思考的存在体。

我想，因此我存在，就等于说：我想我存在；而"因此"这个词就像天平的梁，是不占一点分量的。天平的两个盘上只有我放的东西，即同样的东西。X=X。颠来倒去毫无意义，引不出任何结果，不大工夫就弄得头疼欲裂，想出去散步了。

* * *

搅得我们寝食不安的某些问题；当然不是微不足道的，但根本解决不了——我们的决定若是依赖这些问题的解决，那就太荒唐了。因此尽可以不管。

"不过，在行动之前，我必须弄明白我为什么在这世上，上帝是否存在，是否看见我们；因为，上帝若是存在，我就认为他必然看见我，我就必须首先弄明白是否……"

"您就探究吧，探究吧。在这期间，您绝不会有什么行动。"

赶快将这碍事的包袱放到寄存处，而且像爱德华那样，随即把包裹单弄丢了。

* * *

以为可以不相信上帝恐怕更难，除非真的从来没有观赏过大自然。物质极细微的搏动……为什么会动起来？是什么动向？这一信息引我背离无神论，也同样背离你的信仰。物质能穿透也能延展，还能受思想的支配，而思想能同物质结合，甚至融为一体，我面对这种种现象的惊讶，完全可以称为宗教性的。世间万物无不令我惊讶。把我的惊愕称为崇拜吧，我欣然同意。大大超前啦！在这一切当中，我不但没有看到你的上帝的存在，反而看到，反而发现，哪里都不可能有上帝，上帝在那里也就不存在。

我准备称为神圣的，就是上帝本身也丝毫改变不了的一切。

这种说法（至少最后几个字）是受歌德一句话的启发[①]，它妙就妙在既不包含信仰一个上帝，也不包含不可能接受一个与自然规律（即与他自身）相对立的上帝，一个不会与自然规律混同的

---

① 见《诗与真》第16章。——作者原注

上帝。

"我看不出这和斯宾诺莎学说有什么差异。"

"我并不强调差异。我上面提到的歌德，就乐于承认他得益于斯宾诺莎之处。要知道，每人总有一点吸收别人的东西。我所因袭的或认同的一些人，我乐于敬重他们，就像你们敬重你们教会中的'神父'一样。所不同的是，你们的传统要依据神的启示，排除任何思想自由，而充满人道的另一种传统，不仅让我的思想任意驰骋，而且还给予鼓励，让我只承认先由自己验证或无法验证的东西是真实的。——这绝不意味着妄自尊大，反而蕴含着谦抑，要极为耐心地思考，但也摈弃那种假谦虚，即认为人只能靠神的启示显灵，单凭自己不能认识任何真理。"

遇　合

"近来，人们总谈论我，"上帝对我说道，"许多反响传到我这里，有些还颇为刺耳。不错，我知道现在我挺时髦。可是，关于我的言论，大多我都不喜欢，有的我根本不理解。对了，您是行家（您不是自称有文学修养吗？），请您告诉我，在许许多多谬论中，有这样短短一句话：'应当自然而然地谈论上帝'……我挺喜欢，是谁讲的呢？"

"这句话是我讲的。"我满脸通红，答道。

"好哇。那么，你听我说，"从这时起，上帝用你称呼我了，

181

"有些人总希望我干预，为他们打乱既定的秩序。这样越弄事情越复杂，还会弄虚作假，完全违背我的法则。让他们好好学习如何服从这些法则吧，让他们明白只有这样才能最有效地利用。人所能做的事情远远超出自己的想象。"

"人陷入了困境。"我说道。

"那就摆脱困境嘛，"上帝又说道，"我正是尊重人，才让他们自己应付去。"

上帝接着又说："咱们不妨私下说说，这事对我倒也没有多大损害，而且是自然而然发生的。天地万物仿佛违反我的愿望，从几种原始材料中诞生的。因此，就连最小的芽苞放叶舒展，给我表明的道理，也胜过神学家的所有空论。我一下子创造了万物，自身也就分散在其中，隐匿并消失了。但是随着万物反复重现，结果我同万物融为一体，甚至怀疑起没有天地万物，我是否真会存在；可见，我是在造物中显示了自己的能力。不过，万物纷乱无序，只是在人的头脑里才排列有序了，例如声音、颜色、芳香，只因同人发生了关系才存在。无比瑰丽的朝霞、最为悠扬的风鸣、水中映现的天光，以及激滟的粼粼水波，只要还没有经人搜集，还没有通过人的感官变为和谐，这一切就永远是空泛寡味的。我的全部创造物，只有映现在这面敏感的镜子上，才显得有声有色，才显出情调……"

"不瞒你说，"上帝还对我说道，"人类令我大失所望。有些人口口声声自称是我的子民，借口为了更好地崇拜我，就无视我在世间为他们准备好的一切。不错，恰恰是把我称为天父的人，为了表达对我的爱，就苦修斋戒，弄得日益消瘦，他们怎么能推想我看着会高兴呢？……这样干对我毫无益处嘛！

"我把我最美好的秘密隐藏起来，就像你们对待自己的孩子那样，将复活节彩蛋藏在枝叶丛中。我特别喜欢肯花点儿力气去寻找的人。"

我斟酌并掂量我使用的"上帝"这个词，不能不看到它几乎没有实质意义，正因为如此，我才能随手拈来。它是一个形状不定的容器，内壁能无限扩展，能装下每人喜欢放进的东西，而且只容纳我们每人放入的东西。假如我放进去的是至高无上的神力，那么我对这容器怎么能不诚惶诚恐呢？假如我放进去的是对自身的关切，以及对我们每人的慈悲，那么我对这个容器怎么能不充满爱呢？假如我放进去的是雷霆，旁边再挂上闪电剑，那么我就不是面对暴风雨，而是面对上帝吓得发抖了。

谨慎、良知良能、善良，我根本想象不出人不具备这些品质。不过，人却能脱离开原本的含义，非常模糊地，即抽象地把这一切想象成为纯粹状态，从而塑造上帝；人还能想象先有上帝，先有绝对存在的主，再由他创造出现实世界，转而证明上帝的存在；总之，造物主需要造物，因为，他若是什么也不创造，就不成其为造物主了。可见，这两者始终关联，完全相互依存，说这个少不了那个，提造物主不能丢下所造之物；人需要上帝并不超过上帝需要人，而且更容易想象，无论少哪一方，那么一切都不复存在了。

上帝支撑我，我支撑上帝，我们同在。我这样想，就和天地万物融为一体了；同时，我也就融解并化入芸芸众生之中。

遇　合

"仁慈的上帝，倒还说得过去，"那可爱的女孩对我说道，"喏！算了，我把上帝丢给你了，因为我觉得，同你讨论根本没用。再说，上帝总能反复再现，照一般的说法，他总能找到他的造物。你就是其中一员，不管你愿意不愿意。昨天，本堂神父又对我说：'上帝不管你愿意不愿意，一定要拯救你，就因为你善良。'然而，你怎么能说你不热爱仁慈的上帝呢？你只要不十分固执，很快就会承认，你的善良是上帝的一部分仁慈，你身上的所有好品质都来自上帝……不过，我来找你，是要同你谈谈圣母。哦！真的，这回我可不会放过你！我一定要问个究竟，你是个诗人，怎么可能不热爱圣母呢？其实，你是热爱圣母的，只是自己不觉得，更确切地说，你因为太傲气不肯面对这一点。死不认账，你这个人真是顽固透顶！……怎么就不能痛痛快快地承认，清晨在睡梦惺忪的牧场上飘浮的白雾，就是圣母的长袍呢？怎么就不能痛痛快快地承认，突然降到汹涌波涛上的宁静，就是她那制伏蛇的纯洁双脚呢？还有在黑夜里，你欣赏的颤悠悠降落下来的星光，照得泉水粼粼发亮，并在你的心田映现，那正是圣母的目光；微风轻拂树叶的悦耳絮语声，沁入你的心灵，那正是她的声音。圣母的真身，唯独渴求圣洁，毫无邪念的人才能看见。圣母保护人心的纯洁，正是为了能在上面照出自己的仪容。我从来没有见过圣母，是的，还没见过，不过我知道，是圣母，以及我对圣母的爱，使我的心灵免遭玷污。……好啦！要随和一点儿，还是承认并热爱圣母吧，这两者是一码事，你也会让我特别高兴！……而且，圣母无比宽宏大量，她还允许我更加喜爱小耶稣。啊！小耶稣！……不过，我爱他的同时，绝没有忘记他是圣母之子。再说，我们不能爱一个而不爱另一个，同时还爱圣灵。喏，真的，我越想越不 明白，你怎么这样固执。我的全部看法……如果冒昧讲出来：在这件事情上，我觉得你有点愚昧。"

"那好，我们就谈谈别的事吧。"我对女孩说。

* * *

我承认长期以来，我把上帝这个词当作废品堆放室使用，把我最模糊不清的概念全丢进去。久而久之，便形成一个轮廓，极不像弗朗西斯·詹姆斯塑造出的白胡子的仁慈上帝，也没有显出多少生命力。正如老人要相继失去头发、牙齿、视力、记忆，最终失去生命一样，我的上帝也逐渐衰老（并不是他，而是我衰老），失去我从前赋予他的种种属性，首先（或最终）失去生命力，或者说失去现实性。一旦我不想他了，他也就不再存在了。唯独我的崇拜还能把他创造出来。我的崇拜可以离开上帝，而上帝却离不开崇拜。结果就像照镜子玩，我一旦明白自己是中心人物，就不再玩了。但是在一段时间，这个丧失了自己属性的圣体，还要躲进美学中，即躲进大自然的勃勃生机，数字的和谐中……现在，我连提一提他的兴趣都没有了。

不过，话又说回来，从前我称为上帝的那一大堆模糊的概念、情感、呼唤，以及呼唤的回声，如今我知道了，只是通过我，只是在我心中才存在，但如今想起来，我却觉得，这一切比整个世界，比我自身和全人类都更值得关注。

＊ ＊ ＊

多么荒谬的世界观和人生观，竟然造成我们四分之三的苦难，而且还留恋过去，怎么也不开窍，不明白只有今天的快乐让位，明天的快乐才有可能；只有前浪退却，波浪才能呈现曲线美；而每朵花必须凋谢才能结果，而果子不落下来死掉，就不能保证再次开花结果；因此，就连春天也偎靠在冬天的门槛上。

上述的考虑促使我，而且始终促使我更注意倾听自然历史的教导，而不是人类历史的教导。我认为人类历史的教导收益不大，这种教导始终恍惚不定。

多么纤细的一棵小草的生长，也要服从一成不变的法则，而那些法则脱离人类的逻辑，至少绝不会归结为人类的逻辑。在这里可以重新开始探索，虽说难免失误，但是经过更严格的观察，更巧妙的比较，总能越来越接近永恒的真理，接近一个理解并超越我的理智的上帝、我的理智无法否认的一个上帝。

一个不讲慈悲的上帝。其实，你的上帝也只有你所赋予他的那点慈悲。赋予他的无不具有人性。只差完全变成人了。只能如此，必须从这点出发。必须出发了。

仁慈的上帝和希腊诸神两相比较，我更倾向于信奉希腊诸神。不过，我也不得不承认，那种多神论极富诗意，也就等于一种根本的无神论。而人们谴责斯宾诺沙的，也正是他的无神论。其实，他面对基督鞠躬所怀有的爱戴、崇敬，甚至笃诚，往往超过天主教徒，我指的还是最顺从的天主教徒。当然，他敬奉的是一个无神性的基督。

＊ ＊ ＊

基督教假说……不可接受。

然而，这一假说，唯物主义的看法却动摇不了。

是不是因为发现并揭露上帝的一种手法，我们就认为抓住他的过错了呢?

是不是因为明白了闪电的形成，我们就要剥夺上帝的雷电呢?

"星星太多了，人太多了。"X 想道。他相信，也许他以为能在地球周围的天空，发现足数的星体，恰好可以维系地球悬空并运行，给予它光和热，还能让诗人们幻想。可是他知道，他不能把我们的地球看作宇宙的中心。"这样一来，也就不存在救世了。"他说道，"对我来说，基督如果不再是中心，不再是一切，那就什么也不是了。"

然而，两者必居其一，可是我始终未能确认，究竟哪一种最难构想：一个容纳无限星体的无限空间；一个容纳有限星体的有限世界，其中一个星体也不多，然而越过那些星体运行的空间，还能看到什么呢? 我的神思撞到一个界标。一个不能再翱翔的虚空。一个有存在物的障碍，或者一个无存在物的禁区——既不存在主体，也不存在客体。——如是逐渐消亡，那么从哪儿始的呢? 这种虚无，究竟是存在物缓慢减少，还是骤然完全消失呢?

188

不对，这一切都不着边际。不过，从前人们不是照样诧异：大地怎么能有尽头，尽头又在哪里呢？直到有一天终于明白了：大地是圆形的，从它规则的圆周一点出发，又能到达出发点。

我干脆抛开了信念，我已确信人的思想不可能有这种信念。承认了这一点，还有什么可做的呢？自己臆造或者接受一些人为的东西，并竭力不以为是虚假的呢？……还是学会不要什么信念呢？我就是潜心探究这件事。我绝不认为，人丧失这种信念，就会悲观绝望。

第三篇

一

自然万物都在追求快乐。正是快乐促使草茎长高，芽苞抽叶，花蕾绽开。正是快乐安排花冠和阳光接吻，邀请一切存活的事物举行婚礼，让休眠的幼虫变成蛹，再让蛾子逃出蛹壳的囚笼。正是在快乐的指引下，万物都向往最大的安逸，更自觉地趋向进步……这就是为什么，我从快乐中得到的教益多于书本，为什么我越看书越糊涂。

这既不用深思熟虑，也不要讲究方式方法。我不假思索，一头就扎进这欢乐的海洋，惊讶地发现，自己在这海洋上游泳，根本不会沉下去。正是在快乐中，我们才完全意识到自己的存在。

这不用下什么决心，我完全是自然而然地投入。早就听说人本性恶，但是我倒希望亲身检验一下。不过，我对自身不如对别人的好奇心强烈，更确切地说，肉欲隐隐导向销魂的冲动，促使我挣脱自己。

探究伦理道德，在我看来并不多么机智，甚至是不可能的，只要我还不知道我是谁。停止寻找自我，就是要重新投入爱中。

在一段时间，要舍得抛开任何伦理道德，不再抵制欲念。唯有欲望能给我教益，因此我听凭驱使。

遇　合

"唉！"那可怜的残疾人对我说道，"哪怕有那么一回呢！哪怕有一回，能像维吉尔所说的那样，把自己'朝思暮想的人'搂在怀里……我觉得领略这次快乐之后，就是再也尝不到别的欢乐，就是死了，我也都认了。"

"可怜的人哟！"我对他说道，"这种快乐，只要尝过一回，你就会希望多多尝几回。假如你是诗人，在这类事情上，回忆比想象给你的折磨大得多。"

"你这是想安慰我吗？"那人反问道。

* * *

然而有多少回，我正要采撷快乐之果时，却像个禁欲者那样，猛然掉头而去。

这绝非放弃，而是一种十足的观望态度，看看这种欢悦究竟如何，也是一种十全十美的预测。因此，这种快乐实现了，我也不可能再有什么收益，就只能弃置不顾了，我深知一场欢乐有所准备，以求确保，就只能使其乏味，而一场惊喜完全把人抓住，才是最甜美的。不过，至少我还能从内心消除一切抵触、廉耻、审慎、犹豫和胆怯；这些障碍不除，人在寻欢作乐中也惶恐不安，肉体的快感一旦消失，心灵往往感到内疚。春天常驻我心间，而我在旅途中所见的天光水色、幼鸟的孵化、盛开的鲜花，我觉得无非是这内心春天的回声。我周身仿佛一团火，能把热情传给别人，就像借火给别人点烟，自己的烟头也会燃得更旺。我抖掉身上的烟灰，眼含炽烈的、传播爱的微笑。我想，善良不过是幸福的辐射，通过幸福这种简单的效应，我的心就奉献给所有人了。

尔后……随着年龄的增长，我感到的不是欲望减退，也不是厌腻，不是的。然而，在我贪欲的嘴唇上，欢乐往往提前兑现，留下过快衰竭的印迹。我认为占有不如追求那么有价值，我也越来越喜欢焦渴而不是解渴，越来越向往快乐而不是享乐，越来越想无限扩展爱而不是得到满足。

遇　合

我去瓦莱村探望。他说是快要康复，其实快要死了。他病得脱了相，我几乎认不出来了。

"噢，还不行，真不行了，"他对我说，"现在，器官一个接着一个，肝脏、肾脏、脾……全出毛病了。还有我这膝关节！……哪怕出于好奇，你也不妨瞧一瞧。"

他半掀开被子，收拢干瘦的腿伸出来，显露一个大球状的膝关节。他出了很多汗，衬衣贴在身子上，就更显得瘦骨嶙峋。我勉颜一笑，竭力掩饰内心的悲伤。

"其实，你早就知道，要很长时间才能康复，"我对他说道，"你住在这儿还不错吧？空气新鲜。饭食怎么样？……"

"好极了。我能保住这条命，就是因为消化还很好。近几天，我甚至增加了点体重，烧也退了不少。唔！总之，我明显好转了。"他强颜一笑，脸就变了形，看来他可能还没有完全丧失希望。

"再说，春天来了，"我急忙补充说，同时把脸转向窗口，不想让他瞧见我眼中满噙的泪水，"你可以到花园去坐坐了。"

"已经去过，每天午饭后就下去待一会儿。只是晚饭我才让人送到病房来。午饭，我要强撑着去食堂吃，到今天为止也就缺过三顿。回房要爬两层楼梯，有点儿吃力，但是我不着急，上四级就站住喘喘气，总共要爬二十分钟。不过，这样我也稍许活动活动，然后回到床上，心里就高兴极啦！而且，这样也好让人来打扫房间。但最主要的，还是我怕自己消沉下去……你在瞧我的书？……对，那是你写的《人间食粮》。这本小书一直陪伴我。你想象不出，我从中得到多少安慰和鼓励。"

这话比什么恭维都令我感动；老实说，我当初就是担心，这本书只会对身体强健的人产生影响。

"真的，"他又说道，"我病成这样，下楼到花园里，看见花要盛开了，也要像浮士德那样，对正在流逝的时间说：'你多美呀！……停下来吧！'当时，我看什么都那么和谐、美好……令我难堪的还是我本人，就像这合奏中的一个走调的音符，像这幅画中一个污点……我多么希望自己也很美啊！"

他沉默片刻，目光转向敞着的窗户，眺望蓝天。继而，似乎十分胆怯，压低声音说："我希望你把我的情况告诉我父母。我呢，实在没有勇气给他们写信了，尤其不敢告诉他们实情。我母亲每次收到我的信，就立刻回信说：我病倒了是我的造化，这是上帝要拯救我，才让我吃这种苦头；我应当吸取教训，改过自新，只有这样我的病才能治好。因此，我给她写信总说见好了，免得惹她说教，……弄得心里只想咒神骂鬼。你给她写封信吧。"

"今天上午就写好。"我握住他汗津津的手，说道。

"噢！别用这么大劲儿，把我握疼了。"

他说着笑了笑。

194

二

我们的文学，尤其浪漫主义文学，总是赞扬、培育并传播伤感情调，但又不是那种积极而果断的、催人奋进并建功立业的伤感，而是一种松懈的心态，称之为忧郁，也就是让诗人的额头大大地苍白，目光充满惆怅的神色。这包含着时髦和风雅。快乐则显得粗俗，显得四肢发达而头脑简单；笑脸往往呈现一副怪态。可是，忧伤却显得雅人深致，因而显得老成持重。

至于我，一直喜欢巴赫和莫扎特，超过喜欢贝多芬，我认为缪塞这句广为传颂的诗：

绝望之歌才是歌中的绝唱

未免亵渎宗教，我也认为人处逆境，遭受打击，也不应当自暴自弃。

不错，我知道这其中毅然决然超过放任自流。我知道普罗米修斯被锁在高加索山上受折磨，基督被钉在十字架上死去，两个都是因为爱人类。我知道在半人半神中，唯有赫丘利[①]战胜了魔怪、九头蛇妖，以及欺压人类的所有邪恶力量，额头留下忧虑的神色。我也知道，要战胜的恶龙实在太多，现在还有，也许永远也铲不尽……然而，放弃快乐无异于不战自败，无异于认输和怯懦。

---

① 罗马神话中的英雄，即希腊神话中的赫拉克勒斯。

时至今日，人仅仅靠损害他人，骑在他人头上来享乐，即使是能达到幸福的那种享乐，我们再也不能允许了。要大多数人在尘世放弃由和谐自然而然产生的幸福，我同样也不能接受。

＊ ＊ ＊

不过，人类把希望之乡，把这片天赐的乐土糟蹋成如此模样……实在叫众神羞赧。就连摔坏自己玩具的孩子、践踏天天吃草的牧场、天天要饮水的泉流的牲口，以及弄脏自己窝的鸟儿，也都没有如此愚蠢。噢！城市凄惨的郊区！多么丑陋，多么杂乱，又恶臭不堪……郊区哟，我怀着几分理解和爱心，想到你本来可以成为花园，成为环城绿化带，保护最繁茂最温馨的草木，制止个人破坏大众快乐的任何行为。

闲暇哟！我考虑你可能是什么样子！那是在快乐的祝福中充满情趣的游戏啊！而工作，甚至工作，既然得到补偿，也就逃脱了亵渎宗教的诅咒。

＊ ＊ ＊

哪个进化论者会去设想，毛虫和蝴蝶之间有什么关系，除非他不知道这两者是同一生物。只有同一性，不可能存在进化关系。作为博物学爱好者，我自觉会竭尽我思想的全力，穷尽我思想的全部疑问，去解这个谜。

如果只有极少数人观察这种变化，如果这种变化又十分罕见，那么我们见了也许更要惊讶。然而，面对经常出现的奇迹，大家就不觉得新鲜了。

变化的何止是外形，还有习性、食欲……

"认识你自身吧"，这一格言既有害又可恶。凡是只顾观察自我者，就停止发展了。毛虫若是专心"认识自身"，就永远也变不成蝴蝶了。

* * *

我明显感到一种不变贯穿我的多变；我感到的多变，却总是我。这种不变，既然我知道也感到它存在，那么又何必去争取呢？我这一生，始终不肯努力认识自己，也就是说，不肯探究自己。我总觉得，这种探究，更确切地说，这种探究的成功，势必给自身存在带来几分局限和贫乏；或者说，只有少许相当贫乏和局限的人，才能认识并了解自己；再确切点儿说，这种自我了解，会限制自己的存在和发展；因为，人一旦发现自己的样子，就想保持，总是处心积虑地像自己；还因为人最好不断地保护那种期望，保护一种永恒的、难以捉摸的变化。比起反复无常来，我更讨厌某种坚定不移的始终如一，更讨厌要忠实于本身的某种意志，以及害怕自相矛盾的心理。此外，我还认为，这种反复无常只是表面现象，其实正好应和某种深藏的连贯性。我同样认为，在这方面和其他方面一样，我们总受语言的欺骗，因为言语强加给我们的逻辑，往往比生活实存的还要多，而我们身上最可宝贵的，正是尚不确定的东西。

三

我有时乃至经常出于恶意，说别人的坏话比自己想讲的还要多，也出于怯懦，怕得罪作者，对许多作品，书和画说的好话比自己想讲的还要多。有时我冲一些人微笑，心里却觉得他们了无趣味，而且还佯装觉得一些蠢话十分风趣。有时我感到无聊得要命，却还装作很开心，不忍走开，只因人家对我说："再待一会儿吧……"我容许自己的理智制止心灵的冲动是常事；反之，内心沉默而嘴上高谈阔论也是常事。有时，为了赢得别人赞同，我就做出蠢事；反之，我认为应当做的事有时不敢做，心知做了也得不到别人的赞同。

追惜"活跃的年代"，是老年人最徒劳无益的日常营生。话虽这么说，我自己也难免。你鼓励我这么做，认为这种追悔能不知不觉将迷魂召回来。不过，你误解了我追悔和惋惜的性质。我心头痛悔的是"毫无作为"，是我在整个青年时代，本来能够做并应该做的事情，却被你的道德观制止了。你那道德观我再也不相信了，当初它最妨害我的时候我却认为最好遵奉，结果我为满足自尊心而拒绝了肉体的需要。须知人在风华正茂的时候，心灵和肉体就最适合恋爱，最有资格爱，也最有资格得到爱，拥抱起来最有劲儿，好奇心最强烈也最有教益，情欲也最有价值，然而，也正是在这种年龄，心灵和肉体最有力量抵制爱情的撩拨。

当时你称作的、我也随你称作的"诱惑"，正是我所怀恋的：如果说今天我感到懊悔，那不是因为受了几次诱惑，倒是因为抵制了许多诱惑，而后来我再去追求，那种诱惑已经不那么迷人，对我的思想也不那么有益了。

我懊悔自己的青春时代郁郁寡欢，懊悔当初看重虚构的而轻视现实的东西，懊悔自己背离了生活。

* * *

"噢！多少事情，我们本来可以做却没有做……"他们要辞世的时候会这样想。"多少事情，我们本来应当作却没有做！由于种种顾忌，由于延误时机，由于懒惰，总是这么想：'暖！反正有的是时间。'由于没有抓住一去不返的每一天，没有抓住再难寻觅的每一瞬间。由于总往后推，迟迟不做决定，不努力，不拥抱……"

光阴逝去再难追寻。

"噢！要轮到你了，"他们会想到，"你可得机灵点儿，抓住每一瞬间！"

* * *

我在时间长河的这一确定时刻，正处于我所占据的空间这个点。我绝不同意说这个点无关紧要。我伸直双臂，说道："这是南，这是北……我是结果，也将是原因。决定性的原因！一次机会，永世也不会再有了。我存在，不过我要弄清存在的理由。我要了解我为了什么活在世上。

* * *

我们怕人讥笑，往往就十分怯懦。许多青年很有抱负，也自认为浑身是胆，然而他们一听人说他们的信念纯属"空想"，就立刻泄了气，唯恐自己在明智的人眼中成为幻想者。就好像人类的任何重大进步，不是一个个空想变成的现实！就好像明天的现实，不是昨天和今天的空想！除非未来仅仅是过去的简单重复，而这种看法最能剥夺我生活的一切乐趣了。是的，不抱着进步是可能的想法，我就会觉得生活毫无价值了。我在《窄门》中赋予阿莉萨的话，现在当作我的来引用：

"没有进步的状态，不管多么幸福，我也不稀罕……没有进展的一种快乐，我嗤之以鼻。"

* * *

没有多少妖魔鬼怪值得我们那么惧怕。

妖魔鬼怪产生于恐惧——惧怕黑夜和光亮，惧怕死亡和生命，惧怕别人和自身，惧怕魔鬼和上帝，此外，你再也拿不出什么来恐吓我们了。不过，我们还生活在用来吓人的妖怪的威慑之下。是谁说过，敬畏上帝是智慧的开始。那是失慎的智慧，而真正的智慧哟，你始于恐惧的结束，你教育我们如何生活。

* * *

尽可能将信心、悠闲和快乐带往四面八方，这很快就成为我的渴望，成为我不可缺少的幸福的要求。就好像我只能拿别人的幸福铸造自己的幸福，只能出于同情，也可以说受委托品尝他人的幸福。因此，我觉得一切可能阻碍幸福的东西都是可恨的，诸如胆怯，气馁，互不理解，诽谤中伤，美化臆想的痛苦形象，徒然渴望不现实的东西，党派、阶级、民族或种族的纷争，一切把人变成他自身和别人的仇敌的东西，不和的种子，压迫，恐吓，拒绝，等等。

* * *

松鼠不容许游蛇爬行，兔子见到乌龟和刺猬蜷缩起来便逃开。所有这种多样性，在人类也能见到。因此，你不要再指责不同于你的方面。人类社会只有具备多样活动方式，只有促进多样幸福的形式，才可能十全十美。

＊　＊　＊

有些人成为我个人的仇敌，诸如：诲淫诲盗者、大煞风景者、教人意志衰退者、落伍者、迟钝缓慢者、玩世不恭者。

我痛恨一切降低人的价值的东西，痛恨一切减退人的智慧、信念和锐气的东西。因为，我不能接受明智总伴随着迟缓和狐疑。也正因为如此，我认为儿童往往比老人更明智。

＊　＊　＊

他们的明智？……哼！他们的明智，最好不要太看重了。

他们的明智就是尽量少生活，防范一切，务求平安无事。

他们给人的忠告，总有一种墨守成规、停滞不前的味道。

他们就像一些家庭的母亲，千叮咛万嘱咐，弄得孩子无所适从：

"别荡得这么厉害，绳子要断的。"

"别待在树下，要打雷的。"

"别走在湿地儿上，你要滑倒的。"

"别坐在草地上，会弄脏衣裳的。"

"到你这年龄，也该懂事了。"

"还要向你重复多少遍：胳膊不要支在桌子上。"

"这孩子真叫人受不了！"

哎！太太，不见得比您还甚。

* * *

我把快乐比作那一大盆鲜奶，既出乎意料，又是特别期待的：那是一个闷热的晚上，我们在荒漠中走了一天路，赶到中途住地见到那盆鲜奶。我们穿越的地区，正流行非洲锥体虫病，饲养不了牛羊，因此，我们有几周没喝到奶了。不过，我们却没有觉察到，几个小时以来，我们已经走在能养牲口的地区了。假如青草不是那么高，而我们骑的马再高些，沿途我们就能望见放牧的一群群牲口。那天晚上，我们没有什么奢望，就将就喝热水解渴。那地方的水不洁净，小心起见，我们就烧开了喝，可是总有一股令人作呕的味道，那几天喝了多少烧酒和葡萄酒，也冲不下去，时常返上来。不料，那天晚上，在昏暗的茅屋里，我们发现为我们挤的满满一大盆鲜奶，真是喜出望外。薄薄的浮皮落了一层灰沙，失去了光泽。我们用杯子破开那层薄皮，在经受一天的酷暑之后，看到下面的奶，尤其觉得纯洁新鲜。我们喝下去的似乎不是雪白的奶，而是阴凉、休憩和安慰……

第四篇

一

我只喜爱能呼吸并活着的东西。归根结底，我的思想在致力于组织，致力于建设。然而，我要使用的材料，首先还没有检验，也就什么也不可能建设。已经公认的各种概念、原则，我的思想没有亲自辨识之前概不接受。况且我也知道，最响亮的话也是最空泛的话。我信不过那些夸夸其谈的人，那些正统派、伪君子，一碰到就先戳穿他们的高谈阔论。我要弄清楚，在你的德行里隐藏着何等自命不凡，在你的爱国主义中隐藏着何等私利，在你的爱情中隐藏着何等肉欲和私念。不，我不再把灯笼当作星星，我的天空并不会因此而黑暗；我不再听凭幽灵牵着鼻子走，只喜爱现实的东西，我的意志也并不会因此而衰退。

* * *

人过去并不完全是现在这个样子，这种信念立刻允许一种希望：人将来也并不完全会是现在这样子。

真的，我也会像福楼拜那样，对着进步的偶像微笑或大笑，因为别人给我们描述的进步，恰如一尊可笑的神像。商业和工业的进步，尤其艺术的进步，简单愚蠢透顶！知识的进步嘛，当然还算得上。不过，我看重的还是人本身的进步！

人过去并不完全是现在这样子，这是缓慢变化取得的，尽管还有神话传说，但这一点我已觉得无可置疑。我们的目光局限于为数不多的几世纪，因而看到人过去同现在差不多，并赞叹从法老时代以来就毫无变化；然而，若是探进"史前的深渊"中，那就大不一样了。如果说人并不始终是这个样子，那么怎么能认为人会永远如此呢？人会变的。

可是，他们想象，而且还要我相信，人类还像那个该死的但丁，永世伫立不动，绝望地喊道："哪怕每千年能跨进一步，我也早就上路了。"

这种进步的想法在我的头脑里扎了根，并同其他想法相结合，或者降服了其他想法。

（完人的幻想，由于古时能暂时得到平衡，每个时期都产生过。) 人类必须超越现状，这一想法令人心驰神往，也立刻降低了一切能阻止这种进步的势力的声望 (就像基督徒憎恨邪恶的那样)。

＊　＊　＊

这一切将荡涤干净。该扫荡的，还有可能不该扫荡的，因为，两者怎么分得开呢？你要通过维系过去来拯救人类，其实，只有摈弃过去，只有摈弃过去中不再有用的东西，才可能进步。然而，你就是不肯相信进步，说道："过去如何，将来还那样。"我却认为：过去如何，将来不会再那样。人要逐渐摆脱从前保护自己、今后要奴役自己的东西。

＊　＊　＊

不仅要改变世界，还要改变人。新型的人从哪里出现呢？

不会从外部。伙计，要善于从你自身上发现，就像从矿石中，能提炼出毫无杂质的纯金属；你期待的这种人，向你自身索取吧。从你自身得到吧。要敢于成为你现在这样的人。不要轻易放过自己。每人身上都蕴藏着极大的可能性。要坚信你的力量和你的青春。要不断地对自己重复说："这事儿完全取决于我。"

＊　＊　＊

通过混杂得不到任何好东西。

我年轻的时候，满脑子尽是杂交、骡子和鹿豹。

选择的可贵。

首要可贵之点：耐心。

与单纯的期待毫无共通之外。不如说耐心同执着相交融。

遇　合

（一）

我在波旁内地区认识一位老小姐，

她在衣柜里保存了大量陈药，

越存越多，几乎装不进别的物品。

我见老小姐现在身体完全康健，

就冒昧地向她进言：

这些药她肯定再也用不着，

保存下去恐怕没有什么必要。

老小姐听了这话满脸通红，

我真以为她要大哭一通。

她把瓶装药、管装药和盒装药，

一样一样拿出来，边拿边说道：

"这药治好过我一次肠绞痛，

这药治好过我的疲劳症！

有一次腹股沟涂了这药膏，

就渐渐化脓消了肿，

难保病不复发，留着还有用。

有一段时间我大便干燥，

服了这药片就立刻见好。

至于这件器械，大概是吸入器，

不过恐怕坏了，已不好使……"

最后，老小姐还向我透露一点，

当时她买这些药花了许多钱。

听了这话我才明白，

这正是她舍不得的原因所在。

（二）

尔后，到了终须抛开这一切的时候。

"这一切"，包括什么呢？

对一些人来说，就是

积聚起来的万贯家财、

房地产、一架架的藏书，

以及专供寻欢作乐、

消磨闲暇的大沙发；

对另外许多人来说，

则是辛苦和劳作。

撇下家庭和朋友、

正在成长的子女、

刚刚动手的活计、

有待完成的作品、

快要实现的梦想；

还有想重读的书籍；

还有从未闻过的芳香；

还有不太满足的好奇心；

还有指望你救济的穷人：

还有期待的平安和清静……

忽然大势已去，一蹶不振。

于是有一天，听人这样讲：

"你可知道……我刚刚见到，

龚特朗，他一命呜呼了。

一周以来，他只剩下一口气儿，

反复念叨：'我有感觉，

我感到我要走了。'

然而还抱一线希望，

可是神仙也回天乏术。"

"他究竟得了什么病？"

"据说是内分泌腺失调。

而且，大夫说他心脏很糟

好像是胰岛素中毒的症状。"

"你讲的这些，真有意思。"

"据说他留下的遗产好大一笔，

还有收藏的绘画和勋章。

列出清单全上缴国库，

一文钱也不给旁系亲属。"

"收藏勋章！真是莫名其妙，

人怎么还能有这种爱好！"

* * *

别说大话了。你见过死亡，这根本不是什么滑稽事。你极力开玩笑，就是要掩饰你的恐惧，听你说话的声音都颤抖，而你这首打油诗也蹩脚得很。

"有可能……不错，我是见过死亡……我倒是觉得，临死的时候，恐惧往往过去了，感觉完全迟钝了。死神是戴着毛皮手套来捉我们的。它先把人弄昏了再掐死，先把我们要诀别的一切变得完全模糊，离开眼前，失去现实性。世界变得极为苍白，也就不难离开，离开也就没有什么遗憾了。

"因此我就想，死也不会是多难的事情，归根结底，人终有一

210

死。说穿了，如果人生在世不止死一次的话，那也许习惯一下就好了。"

不过，一生未能如愿，死倒是很残酷的。于是，宗教便可乘虚而入，对这种人说："别担心，到彼界再开始吧，你会得到报偿的。"

必须从"此界"就生活。

朋友，什么也不要相信，未经验证概不接受。殉道士的血从来就没有证明什么。哪种狂热的宗教都有自己的信徒，都能激起炽热的信念。有人会为了信仰而死，也会为了信仰去杀人。求知的欲望产生于疑问。不要再相信了，还是求知吧。正因为缺乏证据，才更要强加于人。不要轻信，不要接受强加的东西。

剧烈的精神震荡——麻痹痛苦……

想起蒙田讲过一个精彩的故事：他从马上摔下来，昏迷过去。卢梭也叙述过一次事故，说是险些要了他的命："我一点感觉也没有了，不知道碰撞、坠落，以及随后的情况，直到苏醒过来……夜已深了，我望着天空，有几颗星星，还有点青草绿树。我最初的感觉是个美妙的时刻。我还能意识到自己，也完全是通过这一刻。这一刻我获得了新生，仿佛觉得我看见的所有物体，充实了我轻松的存在。我全身心沉浸在现时，什么也不记得了……既没有疼痛的感觉，也没有害怕、不安的感觉……"

那本博物学的小书，战争爆发时不知放到哪里去了，后来一直没有找到，连书名和作者的姓名都忘记了（那是小开本的英文书，酱紫色封面），我仅仅看了导言部分，那意思是劝人学习博物学。《导言》中（这一点我记得很清楚）说道：所谓痛苦，坦率地讲，是人的虚构，而自然万物都争相让人避免，如果没有人的臆想，还能把痛苦压缩到微乎其微。并不是说生物都不会感到痛苦，但首先那些孱弱的、不适于环境的生物，生灭就似乎没有什么意识。接着举了几个有力的例证，其中一例就是母鸡，它从老鹰的爪下死里逃生，立刻又去啄食了，无忧无虑一如既往。据作者说，我也同意他的看法：这是因为动物生活在现时，感觉不到人所臆想的绝大部分痛苦，既不会追念过去（遗憾、内疚），也不会担心未来。作者继续他的大胆论述，而我一看就立刻同意他的观点：他认为被追逐的野兔或鹿（追逐者不是人，而是另一种动物），在奔跑，腾跳和闪避中获取乐趣。不管怎么说，我们知道这一点是千真万确的：老鹰的爪子，同一切猛击一样，能使猎物当即昏迷，往往不待猎物感到痛苦就已毙命。不过我也看到，他的论述走得太远，难免显得有悖于常理，但是我认为总括看来完全正确，从自然万物到人类，生存的幸福远远超过痛苦。然而，这情况到人类面前则止步。这也怪人类自己。

人类如若少几分疯狂，本可以免遭兵灾战祸；如若少几分残酷，本可以免受穷困之苦，大大有利于绝大多数人。这不是空想，而是直截了当地指出：我们大部分痛苦绝不是命中注定的、不可避免的，完全是我们自找的。有些痛苦虽然还无法避免，如各种疾病，但是我们也有治疗的办法。我坚信人类会更强壮、更健康，因而也更快乐，而我们所受的痛苦，差不多全是我们自己造成的。

二

我把大自然称作上帝，只是图简便，也是要刺激一下神学家。因为，你会注意到，神学家闭眼不看自然，他们即使偶尔看一看，也不会观察。

与其求学于人，不如求教于上帝。人是虚伪的，人的历史就是遁词和伪装的历史。我从前写过："一辆鲜菜车上装载的真理，比西塞罗最美好的时代还多。"有人类史，也有十分准确称为博物学的自然史。在自然史中，要善于聆听上帝的声音，不要随便听听就罢了，而要向上帝提出具体问题，迫使上帝明确地回答。不要欣赏一下就罢了，而要仔细观察。

这样，你就会发现，凡是幼小的都十分娇嫩，每个花蕾外面包了多少层！幼芽一旦萌发，起保护作用的表层就立刻成为障碍；幼芽必须冲破苞皮，冲破当初保护它的外壳，才可能生长。

人类珍爱自己的襁褓，可是，只有摆脱襁褓，人类才能成长。断奶的婴儿推开母亲的奶头，并不是忘恩负义。他不再需要母乳了。朋友，你再也不肯从这传统的、由人提纯过滤的奶水中汲取营养了。你已经长出牙齿，能咬食并咀嚼了，应当到现实生活中去寻求食粮。你勇敢点儿，赤条条地挺立起来，冲破外壳，推开你的保护者；你只需要自身汁液的冲腾和阳光的召唤，就能挺直地生长。

你也会发现，所有植物都把自己的种子散播到远处：那些种子或者散发着芳香，引来鸟儿啄食，被带到它们独自去不了的地方，或者自身有小螺旋片和小翅膀，能随风飘到四面八方。须知一种植物长期生长在一块土地上，土壤就越来越瘠薄，越来越差了，新一代植物在同一地方，就不能像上一代植物那样汲取营养了。不要去吃你的祖先消化过的食物。瞧一瞧梧桐树和无花果树带翼的种子飞翔吧，它们似乎懂得，靠父辈的荫庇，就只能变得孱弱，衰退下去。

你还会发现，汁液冲腾，总让离树干最远的树梢儿最先鼓起芽苞。要领悟这其中的道理，尽量远离过去。

要理解古希腊这个神话：阿喀琉斯浑身刀枪不入，只有一处例外，就是母亲触摸过而变得敏感的那个部位。

忧愁哟，你制服不了我！我通过哀叹和啼哭却听见一首美妙的歌曲。这首歌由我随意填词，它在我感到意志要动摇时给我信心。这首歌由我填满你的名字，朋友，还填满对能勇敢回答者的召唤：

"低垂的额头，挺起来吧！俯视坟墓的眼睛，抬起来吧！抬起眼睛不要望空荡荡的天空，要望那地平线，要望你双脚会走到的地方，新生而勇敢的朋友啊，你准备离开死人腐臭的这些地方，你要让希望带领你向前，绝不让眷恋过去之情拉住你。冲向未来吧。不要再到梦幻中去寻求诗情画意，要善于到现实中观赏吧。现实中若是还没有，那么你就给它增添几分吧。"

尚未解除的焦渴、尚未满足的食欲、战栗、空盼、疲惫、失眠……这一切你都能幸免，朋友啊！我多么希望会是这样！你的嘴唇俯向你的双手，果实累累的树枝弯向你的双手。拆毁所有的垣墙，铲平你前面所有屏障；正是贪婪嫉妒的人在屏障上写道："私人邸宅，禁止入内。"你的劳作，终于能获得全部报偿。抬起额头，你的心终于充满爱，不再积满仇恨和妒意。是的，终于让空气尽情地抚摸你，让阳光尽情地照耀你，让幸福盛情地邀请你。

* * *

我异常兴奋地俯在船头，望着向我扑来的无数波涛、岛屿、陌生国度的冒险，而且已经……

"不对，"他对我说道，"你这景象是虚假的。你看见那些波涛，你也看见那些岛屿，而我们却看不见未来，只看见现时。我

215

看见这一瞬间带来的东西：想一想吧，这一瞬间要从我这儿夺走的东西，我永远再也见不到了。谁站在船头往前看，形象地讲，就只看见空茫茫一片……"

"空茫茫一片，却充满可能性。在我看来，过去的不如现时的重要，现时的不如可能的和将来的重要。我把可能和将来混为一谈，认为凡是可能的总要竭力变成现实；而且，如果有人促进的话，凡是可能的，将来必成现实。"

"你可能矢口否认是神秘主义者！然而你完全清楚，这么多可能性，只有一种会变成现实，这就要把其他所有可能性打入虚无之中，本来能成为现实而未成为现实，多么叫人遗憾啊！"

"我更清楚，只有把过去抛到身后才能前进。据说，罗得①的妻子就因为要往后看。结果化为一尊盐的雕像，即凝固的眼泪。罗得转向未来，便同自己的女儿睡觉了。事情就是这样。

我这本书，就是为你写的哟，纳塔纳埃尔！当初我给你起这个名字，现在看来哀怨的色彩太浓了；今天我称呼你朋友，你在心里再也不要接受一点哀怨的情绪。

你要力图使哀怨对你毫无作用。自己能获取的，就不要哀求他人。

---

① 罗得：《圣经》中的人物。所多玛城被毁时，罗得得到天使救援。神让他们出逃时不得回头看，但他妻子不听，结果变成一根盐柱。两个女儿同罗得逃出，她们见父亲无子，就把他灌醉，与他同房，便各生一子。

我已是过来人，现在轮到你了。此后，我的青春将在你身上延续。我将能力传给你。假如我感到你能接替我，那我死了也甘心。我的希望寄托在你身上。

　　感到你很勇敢，有这一点，我死而无憾。接过我的快乐吧。把增加别人的幸福当作你自身的幸福吧。工作吧，斗争吧，绝不要接受你能改变的任何不幸。要反复告诫自己：这完全取决于我。你若是曾经相信逆来顺受就是明智，那么就不要再相信了，也不要再追求什么明智。

　　朋友，不要原样接受别人推荐给你的生活。要始终确信，生活，无论你自己的生活还是别人的生活，能够变得更美好。不要相信另一个世界的生活，不要用来世生活来安慰现世生活，来帮助我们接受现世的苦难。不要接受。有朝一日，你开始明白，生活中几乎所有的苦痛，责任不在上帝而在人类本身，你就不再甘心忍受这一些苦痛了。不要祭祀偶像了。

译后记

一

法国二十世纪作家中，若问哪一个最活跃、最独特、最重要、最容易招惹是非，又最不容易捉摸，那恐怕就非安德烈·纪德莫属了。

有哪个作家活着的时候能够做到，让"右翼和左翼的正统者联合起来反对他"呢？又有哪个作家死的时候还能够做到，人们老大不乐意还得写悼念他的文章，将重重尴尬与怨恨编织成献给他的花圈呢？

同那些虚伪的、思想狭隘而令人作呕的悼念文章相反，萨特和加缪所写的纪念文章则显示出感情的真挚，认识深刻而评价中肯。

萨特在《纪德活着》一文中写道："思想也有其地理：如同一个法国人不管前往何处，他在国外每走一步，不是接近就是远离

219

法国，任何精神运作也使我们不是接近就是远离纪德……近三十年的法国思想，不管它愿意不愿意，也不管它另以马克思、黑格尔或克尔凯郭尔作为坐标，它也应该参照纪德来定位。"

加缪在《相遇安德烈·纪德》一文中则写道："纪德对我来说，倒不如说是一位艺术家的典范，是一位守护者，是王者之子，他守护着一座花园的大门，而我愿意在这座花园里生活……向我们真正的老师献上这份温馨的敬意是理所当然的。对他的离去，一些人散布的那些无耻谰言，无损于他的一根毫发。当然，那些专事骂人的人至今对他的死仍猖猖不休；有些人对他享有的殊荣表现出酸溜溜的嫉妒，似乎这种殊荣只有不分青红皂白地滥施才算公正。"

两位大师从不同的立场与认识出发（尤其萨特能站在与纪德的分歧之上），不约而同地向纪德表示了敬意，这就从两个方面树立了榜样，表明不管赞成还是反对纪德，只有透彻地理解他，才有可能公正地评价他在法国文坛的地位和影响。

然而，漫说透彻，就是理解纪德又谈何容易。别的先不讲，拿诺贝尔文学奖评审委员会来说，就曾以不同的态度对待罗曼·罗兰和纪德，这正是基于对纪德的深刻不理解。

罗曼·罗兰 (1866—1944) 和安德烈·纪德 (1869—1951) 生卒年代相近，都以等身的著作经历了二十世纪上半叶，算是齐名的作家。然而，罗曼·罗兰于一九一五年就获得了诺贝尔文学奖，纪德还要等三十二年之后，到一九四七年，在七十八岁的高龄才获此殊荣，是因其"内容广博和艺术意味深长的作品——这些作品以对真理的大无畏的热爱，以敏锐的心理洞察力表现了人类的问题与处境"。

其实，纪德的重要作品，到了二十世纪一二十年代，绝大部分都已经发表，主要有：幻想小说《乌连之旅》(1893)、先锋派讽刺小说《帕吕德》(1895)、散文诗《人间食粮》(1897)、小说《背德者》(1902)、日记体小说《窄门》(1909)、傻剧《梵蒂冈的地窖》(1914)、日记体小说《田园交响曲》(1919)、小说《伪币制造者》(1926)、自传《如果种子不死》(1926)。此后，纪德虽然还发表了大量的戏剧作品、游记、日记和通信集，但是他的主要文学创作活动到一九二六年就告一段落了，人称"文坛王子"的地位已经确立，当然也就无愧于获奖的那段评语了。但是，诺贝尔奖的评委们还要花上二十多年的时间，才算弄懂了纪德。

的确，纪德的一生和他的作品所构成的世界，就是一座现代的迷宫。

通常所说的迷宫，如古希腊神话传说中的克里特岛迷宫，人进去就会迷路，困死在里面。忒修斯是个幸运者，他闯进迷宫，杀死了牛头怪弥洛陶斯，不过也多亏拉着阿里阿德涅的线团，才最终走出来。

然而，纪德的迷宫则不同，它不仅令人迷惑，还有一种不可思议的特点：一般人很难进入。他的每部作品，都是他这座迷宫的一道窄门；他的许多朋友、绝大部分读者，从这种窄门挤进去，仅仅看到一个小小的空间，只好带着同样的疑惑又退了出来。至于他的敌人，往往连窄门都闯不进去，只好站在门口大骂一通了。

事实上，在很长一段时间，无论为友为敌，还是普通读者，大都未能找见连通这些作品的暗道密室，未能一识纪德整座迷宫的真面目。克里特岛迷宫中有牛头怪，纪德迷宫中有什么呢？

纪德迷宫中，有的正是纪德本人。

换言之，纪德笔下的神话人物忒修斯进入的真正迷宫，正是纪德本人。

二

纪德生于巴黎，是独生子，父亲是法律学教授，为人平易随和，读书兴趣广泛，往儿子幼小的心灵播下了爱好文学的种子。母亲本家是鲁昂的名门望族，十分富有，安德烈·纪德一生衣食无忧，在库沃维尔有庄园，在巴黎有豪华的住宅，全是母亲留给他的遗产。纪德早年体弱多病，异常敏感好奇。不幸的是他十一岁时，性情快活、富有宽容和启迪精神的父亲过早辞世，只剩下凝重古板、生活简朴并崇尚道德的母亲，家庭教育失去平衡。母亲尽责尽职，对儿子严加管教，对他的行为、思想，乃至开销，看什么书，买什么布料，都要提出忠告。直到一八九五年母亲去世，纪德才摆脱这种束缚的阴影，实现他母亲一直反对的婚姻，同他表姐玛德莱娜结合，时年已二十六岁了。

纪德受到清教徒式的家庭教育，酿成了他的叛逆性格，后来他又接受尼采主义的影响，全面扬弃传统的道德观念，宣扬并追求前人不敢想的独立和自由。纪德自道："我的青春一片黑暗，没有尝过大地的盐，也没有尝过大海的盐。"纪德没有尝到欢乐，青春就倏忽而逝，这是他摆脱家庭和传统的第一动因："我憎恨家庭！那是封闭的窝，关闭的门户！"他过了青春期才真正焕发了青春，要拥抱一切抓得到的东西，表现出了前所未有的激情。在懂得珍惜的时候，能获得第二个青春，应是人生最大的幸福。尤为难能可贵的是，纪德身上久埋的青春激情，一直陪伴他走完一生。

被称为"不安的一代人的圣经"的《人间食粮》，正是作者这种青春激情的宣泄，是追求快乐的宣言书：

> 自然万物都在追求快乐。正是快乐促使草茎长高，芽苞抽叶，花蕾绽开。正是快乐安排花园和阳光接吻，邀请一切存活的事物举行婚礼，让休眠的幼虫变成蛹；再让蛾子逃出蛹壳的囚笼。正是在快乐的指引下，万物都向往最大的安逸，更自觉地趋向进步……

《人间食粮》充斥着一种原始的、本能的冲动，记录了本能追求快乐时那种冲动的原生状态；而这种原生状态的冲动，给人以原生的质感，具有粗糙、天真、鲜活自然的特性。恰恰是这些特点，得到了青年一代的认同。长篇小说《蒂博一家》的《美好的季节》一章中，有一个情节意味深长：主人公发现了《人间食粮》，说"这是一本你读的时候感到烫手的书"。纪德成为"那个时代青少年最喜爱的作家"（莫洛亚语），正是因为他的作品道出了青少年的心声。

莫洛亚还明确指出："那么多青少年对《人间食粮》都狂热地崇拜，这种崇拜远远超过文学趣味。"青年加缪看了纪德的《浪子回家》，觉得尽善尽美，立即动手改编成剧本，由他执导的劳工剧团搬上舞台演出。的确，青少年在纪德的作品中，更多的是寻求文学趣味之外的东西，是纪德直接感受事物，直接感受生活的那种姿态。纪德甚至要修正一个著名的哲学命题"我思，故我在"，代之以"我感知，因此我存在"，将直接感受事物的人生姿态，提到前所未有的高度。

大多数人总是这样考虑："我应当感受到什么？"而纪德时时在把握："我感受到什么？"他的感官全那么灵敏，能突然同时集中到一个点，集中到一个事物上，将生命的意识完全化为接触外界的感觉，或者，将接触外界的感觉完全化为生命的意识。他将各种各样的感觉，听觉的、视觉的、嗅觉的、味觉的、触觉的，全都汇总起来，打成一个小包，如纪德所说："这就是生命。"同样，纪德将感受事物的战栗，化为表达感受的战栗的语句，这就是用生命写出来的作品。读纪德的作品，最感亲切的，正是通过战栗的语句，触摸到人的生命战栗的快感。可以说纪德著作的主旋律，就是感觉之歌、快乐之歌、生命之歌。

纪德认为，在人生的路道上，最可靠的向导，就是他的欲望："心系四方，无处不家，总受欲望的驱使，走向新的境地……"应当指出，早在童年和少年时期，纪德就特别迷恋《一千零一夜》和希腊神话故事，他虽然受母亲严加管教的束缚，但还是能经常与阿里巴巴、水手辛伯达为伴，与尤利西斯、普罗米修斯、忒修斯为伴，在想象中随同他们去冒险、去旅行，从而形成了他那不知疲倦的好奇心。进入第二个青春期，他那种好奇心就变成层出不穷的欲望。他同欲望结为终身伴侣。他一生摆脱或放弃了多少东西，包括家庭、友谊、爱情、信念、荣名、地位……独独摆脱不掉欲望。欲望拖着他到处流浪，将半生消耗在旅途上，尤其是北非，不知去过多少趟，甚至几度走到生命灭绝、唯有风和酷热猖獗的沙漠：

"黄沙漫漫的荒漠啊，我早就该狂热地爱你！但愿你最小的微粒在它微小的空间，也能映现宇宙的整体！微尘啊，你还记得什么是生命，生命又是从什么爱情中分离出来的？微尘也希望受到人的赞颂。"

而且，直到去世的前一个月，已是八十二岁高龄的纪德，还在安排去摩洛哥的旅行计划。可见，纪德同欲望既已融为一体，就永无宁日：一种欲望满足，又萌生新的欲望，"层出不穷地转生"。他在旅途上，首先寻找的不是客店，而是干渴和饥饿感，也不是奔向目的地，而是前往新的境界，要见识更美、更新奇的事物，寻求更大的快乐："下一片绿洲更美"，永远是下一个。他的旅途同他的目的地之间，隔着他的整整一生。他随心所欲，要把读他的人带到哪里？读者要抵达他的理想，他的目的地，就必须跟随他走完一生。

三

纪德认为，一位真正的艺术家所应当作的，"不是原原本本地讲述他经历的生活，而是原原本本经历他要讲述的生活。换句话说，将来成为他一生的形象，同他渴望的理想形象合而为一了；再说得直白点儿：成为他要做的人"（《日记》1892 年）。

"原原本本地讲述他经历的生活"，这样做需要十倍的勇气；而"原原本本经历他要讲述的生活"，写出这样的话就需要百倍的勇气，再言出必行则需要千倍的勇气。因为他提出的放纵天性，"做我们自己"，在当时的社会就是"大逆不道"，他必须"无法无天"，才能挣脱家庭和传统道德的束缚，赢得随心所欲、成为真我的自由。

纪德首先意识到，他在家庭教育的影响下，总是有意无意地压抑自己的天性，长此下去就要成为社会普遍认可的"完人"，即符合传统道德而天性泯灭的人。其次，他也看到当时文坛活跃的两大流派，象征派诗人如马拉美等，完全"背向生活"，而天主教派作家，则以一种宗教的情绪憎恨生活。更多的无聊文人身负的使命，就是掩饰生活。总而言之，在纪德看来，人们遵照既定的人生准则，无不生活在虚假之中。因此，必须同虚假的现实生活背道而驰，走一条逆行的人生之路，才能返回真正的生活。于是，他给自己定下的人生准则，就是拒绝任何准则："我决不走完全画好的一条路。(《如果种子不死》)

同样，他也"要文学重新投入人生这个源泉中去"(《纪德谈话录》)，并且大力实践，相继发表了《帕吕德》《乌连之旅》《背德者》《浪子回家》等等，尤其《人间食粮》和《如果种子不死》，前者是追求感官快乐的宣言书，后者是他同传统道德教育的一次彻底清算。

纪德就是这样，开着自制的、以行和以文为双组发动机的新车，动力十足地闯进社会，逆向行驶，横冲直撞，撞倒了路标指示牌，撞翻了许多路障。有人不禁惊呼：纪德是常规行为和传统道德的"颠覆者"，也是文学的"颠覆者"。

的确，纪德在做人和做文两方面，都百无禁忌，特立独行：他无视传统习惯，揭露约定俗成，打乱各种规则，冲破各种限制，挣断一条条有形和无形的锁链，从而引起无数惊诧和愤怒，招来无数谩骂和攻击。抨击纪德最激烈的人之一亨利·马西斯就写道："这些作品里受到质疑的，正是我们立身处世的'人'的概念本身。"(《审判》第二卷)

纪德的敌人在抨击他的长篇大论中，却也触及了他这些作品的核心：人的概念，即在没有上帝的世界中，人存在的理由。尼采说上帝死了，纪德反反复复探索了大半生，最后也走向无神论："独我的崇拜还能把上帝创造出来，崇拜可以离开上帝，而上帝却离不开崇拜。"于是提出没有上帝，人应该怎么办。人的问题，历来就是上帝的问题，灵与肉分离，鄙弃罪孽的尘世，但求灵魂的拯救。纪德一旦认识到上帝不存在，就主张追求肉欲的快乐并不是罪孽："您凭哪个上帝，凭什么理想，禁止我按照自己的天性生活呢？"他在《人间食粮》中完成的这种解放，在三十年后发表的《如果种子不死》中又有回响。

多样性是人类的一种深厚的天性，没有了上帝，人要做真实的自我，选择存在的方式就有了无限可能性。纪德感到他"自身有千百种可能，总不甘心只能实现一种"。(《日记》1892 年) 他显然得出这样的结论：不应该选定一种而丧失其余的一切可能，要时刻迎候我的内心的任何欲念，抓住生活的所有机遇。

生活犹如他童年所看的万花筒，能变幻出光怪陆离的奇妙图景。这种生活的复杂却同他内心的复杂一拍即合。纪德在《如果种子不死》中写道："我是个充满对话的人；我内心的一切都在争论，相互辩驳。""复杂性，我根本不去追寻，它就在我的内心。"正是这种内心的复杂所决定，纪德面对生活的复杂无须选择，仅仅随心所欲去一一尝试。

纪德认为，有多少相互敌对的欲望和思想，共处并存在我们身上，人有什么权力剥夺这种思想或那种欲念存在呢？要完完全全成为真实的自我，就必须让自身的差异和矛盾充分表现出来，决不可以想方设法去扼杀不协调的声音。

上帝死了，人还活着，人取代了上帝空出来的位置。这种完全获取了自由的人，虽然不能全能，却能以全欲来达到上帝全能的高度，才无愧于争得的自由。因此，人必须不惜一切代价，全面把握各种各样的生活真实，体验各种各样的生存形态，自由享用人间的所有食粮。

四

《梵蒂冈的地窖》第五篇第三节中，有这样一段意味深长的情节。朱利尤斯·德·巴拉利乌尔同拉夫卡迪奥讨论无动机的行为，朱利尤斯说了这样的话："我们伪造生活，怕的就是它不像我们当初的自画像，这很荒谬。我们这样做，就可能把最好的东西给歪曲了。"接着，他又问拉夫卡迪奥："……您理解'自由的天地'这几个字的意思吗？"

伪造生活，这是世人最荒谬的悲剧，因为歪曲的，可能恰恰是生活中最好的东西。朱利尤斯一旦摆脱了节制他生活的礼仪习惯，眼前呈现出真正的生活空间，一片自由的天地，他就不禁万分惊愕。他注视那片陌生的空间，不见一块禁止通行的标牌，也不见规定的路线，连指示方向的牌子也没有一块。自由的天地，就意味着可以走任何路线；既没有地图，也没有向导，只好独自往前走，身边没有助手，身后更没有牵着线团的阿里阿德涅，必须独自一个人去冒险。

在自由的天地中，如果只选定一个目标，只定一条路线，那么也就冒一种危险，事情就简单多了；好与坏、乐与苦各居一半几率。然而，面对自由的天地、陌生的空间，根本不做任何选择，或者说无一舍弃地选择整个生活空间，无一遗漏地要走所有可能的路线，那么，也就没有止境地去冒层出不穷的危险了。

生活的好坏与苦乐，不可预设，也不能预知，只能遍尝之后才能确认，因此，纪德的一生，他创作的一生，就是不放过任何可能性，永远探索，永远冒险。这种不加选择的全面选择，我们权且称为全欲。

全欲就意味全方位地体验人生，全方位地思索探求，不惜品尝辛酸和苦涩、失望和惨痛。

全欲，就意味不专，不忠，不定。不专于一种欲望，不忠于一种生存形态，不定于一种自我的形象。

与这种全欲的生活姿态相呼应，纪德的文学创作也不选定一个方向，要同时朝各个方向发展，从而保留所有创作源泉，维护完全的创作自由。

纪德全方位的生活姿态，同他多方向的创作理念，就这样形成了互动的关系。他为了充分掌握人生的全部真实，就进入生存的各种形态，不能身体力行的，就由作品的人物去延伸，替他将所能有的欲望推向极致。另一方面，他那些迥然不同、相互矛盾的作品，写作和发表的时间虽有先后，但大多是同时酝酿构思的。可以说，没有后面谴责那种追求瞬间和感官刺激的《扫罗》，就没有前面的《人间食粮》；而没有前面《背德者》中那个为了感官的享乐就背弃道德的人物，也不会有后面《窄门》中那个压抑正常感情的清教徒的故事。

因此，以定格、定势、定型的尺度去衡量，去评价纪德的一生和他的作品，总要陷入矛盾和迷茫之中。纪德的这座迷宫，就好像变幻莫测的大海：

没有定形的大海……惊涛骇浪向前推涌，波涛前后相随，轮番掀起同一处海水，却几乎没有使其推移。只有波涛的形状在运行，海水由一道波浪涌起，随即脱离，从不逐浪而去。每个浪头只在瞬间掀动同一处海水，随即穿越而过，抛下那处海水，继续前进。我的灵魂啊！千万不要依恋任何一种思想！将你每个思想抛给海风吹走吧，绝不要带进天国。

如果以主题词的方式，从总体上描述纪德的一生及其创作，那么用"动势""变势",也许比较贴近吧。应当说,贯串纪德的一生及其全部作品的,正是一种动势、一种变势。

纪德就属于那些不断地蜕变,否则就不能生长的物种。每天清晨,他都要体味新生的感觉,体味新生感觉的温馨;每天清晨,他都要丢下昨日的躯壳,上路去迎接新生。未知物的孕育、艰难的更新,生命在纪德的身上就是这样不断隐秘地运行,神秘地再生;新的生命在他体内成形,那新生命即将是他,又和原来的他不同。

同样,纪德笔下的各种人物,无论是追求生活幻梦的乌连、时时在调侃的《帕吕德》中的那个主人公,还是《浪子回家》中的那个浪子,无论是《伪币制造者》中那位小说家爱德华、《梵蒂冈的地窖》中的那个"无动机行为"的拉夫卡迪奥,还是《田园交响曲》中的那个牧师,以及普罗米修斯、扫罗、康多尔王、柯里东、忒修斯,等等,无论哪一个都是纪德的一种生活尝试、一个心灵的影子,一种欲望的演示,都是纪德的一部分,又不能代表纪德的全部。

纪德的文学创作同他的生活一样,极力避开任何责任的路标,只靠好奇心,靠求知和创新的欲望来指引。他始终处于警觉状态,唯恐稍有疏忽就要重复自己,或者走上别人的老路;他坚决摒弃"共同的规则",不写别人已写出或者能写出的作品,因而,他的每部新作,都与世上已有的作品,与他此前的作品迥然不同。他的某些作品甚至模糊了体裁的界线，究竟是随笔、散文诗、小说、叙事，还是别的什么，让批评家无法分类。傻剧又是小说，不伦不类。而他称之为唯一小说的《伪币制造者》，更是前所未见：叙述的多视角、空间的立体和层次感，尤其"景中景"、小说套小说复杂而奇妙的结构，的确是小说创作的一次革命。

纪德自由行动在无限广阔的空间，不选择方向也就不怕迷失方向；那么进入纪德迷宫的读者，不预先设定方向也就不会迷失方向了。

五

纪德令人迷惑的多变，就是他总拿已知去赌未知，拿他的全部过去，再去赌新的未来。他时而疾驰，时而急停，不断地变换方向，不断地猛转弯，从一个极端跳到另一个极端，甚至做出惊世骇人之举。

纪德的惊世骇人之举，影响面最大的要数殖民地事件和访问苏联，这也是右翼和左翼正统者永远也不肯饶恕纪德的两大事件。

一九三六年六月十七日，纪德应苏联作协的盛情邀请，由五位左翼作家陪同访问了苏联，至八月二十一日回国，历时两月有余。归国不久便发表《访苏联归来》，三万多字的短文，加上次年出版的《附录》《补正》等材料，也不足十万字，可是却掀起轩然大波。一夜之间，纪德就从苏联和共产主义的友人变成"敌人"。

当年那种辩论和攻击的激烈程度，只有经过重大政治运动的人，才能有所领会。

事过六十余年，尤其在我国十年浩劫结束，苏联解体之后，那场大辩论和本书所涉及问题的是是非非，早已十分明了，再谈文中这些批评和见解如何正确和基于善意，而攻击他的那些观点又如何荒谬和偏执，今天看来就显得有些多余了。我们固然佩服纪德的先见之明：早在半个世纪前，他就看出苏维埃政权要解体的种种征兆，并且提出了忠告。我们固然也钦佩纪德坚持正义的勇气：在世界范围左翼思想形成主流思潮的红色三十年代，他敢于冒天下之大不韪，站出来讲真话，触怒当时以苏联为核心的进步力量。对与错，从来就不能以一个政党、一条路线或一种思潮来划分，这一点早已被历史屡屡证明了。

今天读《访苏联归来》，最引人深省的，还是纪德这次面对大是大非急转弯的思想轨迹和心理历程。我们在敬佩之余，要看一看一代知识分子的佼佼者，如何不避艰险，走了这样一段历程。

二十世纪二三十年代，世界刚刚经历了一次大战的灾难，法西斯主义又崛起，表现出咄咄逼人之势，而英、法等老牌资本主义国家养痈成患，越发暴露出虚弱、腐朽的一面。人类的命运与前途又遇到空前的挑战。一些有良知的知识分子，怀着忧患的意识，开始纷纷转向新型的苏维埃政权，把它看成是人类的希望。不能说他们这种选择，都是因为过分天真和狂热，至少像纪德这样特立独行的人，是经过充分思想准备的，绝非轻易受迷惑和轻率的决定。

纪德生在新教家庭，受传统道德的禁锢，青春一旦失而复得，他的心灵就变成开在十字路口的客栈。他以百倍的激情，去做他青年时代该做而未做的事情——追求快乐。为此，他完全摈弃了传统道德和价值观念，拒绝任何生活准则，要享受真正的生活，做个真实的人。

不要小看这"真实"二字，他一生如果有准则的话，这就是他的最高准则。从而他最憎恶虚假，他拒绝和鄙视的，大多是他认为虚假的东西。不过，他还仅限于追求个人自由和人生的快乐，不大关心社会和政治问题。

一九二五年七月十四日，他同友人动身去刚果和乍得旅行，次年五月回国，他就猛烈抨击殖民制度和大公司对土著民族的残酷剥削，发表了《刚果之行》和《乍得归来》。这样，围绕殖民地问题，议会里、报刊上都展开了大辩论，政府不得不派团去调查。纪德预言，照这样统治下去，殖民制度维持不了多久。抛开这场辩论的社会意义和纪德的论断正确性不谈，经过这个事件，纪德的思想里增添了一个重要的观念：正义。

进入二十年代，纪德越来越关注苏联在政治和社会方面所做的努力，也越来越同情共产主义。一九三四年一月，纪德和马尔罗曾去柏林面见希特勒的干将戈培尔，要求释放季米特洛夫和被关押的共产党人。同年，纪德进入反法西斯作家同盟警惕委员会。一九三五年六月，纪德主持召开了世界保卫文化作家代表大会。他成为苏联和共产主义的伟大朋友，究竟有什么思想基础呢？

纪德自道："引导我走向共产主义的，并不是马克思，而是《福音书》……"

这不是戏谑之言。三十年来的创作生涯，他在作品中仅仅传播自由，而不是宣扬信仰，只因他没有信仰可宣扬。但这不等于说他不在寻觅。他反复阅读过《福音书》，做了笔记并写成小册子《你也是……》，从基督教教义中找到了他一直寻求的东西：不带宗教的基督教理想，没有教条的伦理；同样，他在共产主义学说中看到了没有家庭、没有宗教的社会理想。

"三年苦读马克思主义著作"，"马克思恩格斯全集主导思想，便是一种异乎寻常的宽宏大量，更是对正义的强烈渴求"。又是"正义"，这是他找到的理想和信仰，他要拥抱的真理。他也正是这样来理解苏联和共产主义的。

于是，他在一九三五年出版的《新食粮》中写道："快乐对我来说，就不仅像过去那样是一种天生的需要，还成为一种道德的义务。"

纪德这个"背德者"能谈道德和义务，思想变化何其大啊。而且，他也不是空谈道德，在《新食粮》中还写道："我的幸福就在于增添别人的幸福，我有赖于所有人的幸福，才能实现个人幸福。"

请看，这多么像一位共产党人的誓言：个人幸福和人类幸福结合起来，首先要实现全人类的幸福，才有个人的幸福。可以断定这不是表白和抄袭（因为这不是入党申请书），而是理想和信仰的一种表述。

纪德就是怀着这种理想，到理想国苏联去朝拜。"苏联对我们曾经意味什么？不只是一个遴选的祖国，还是一个榜样、一个向导。我们梦想的、几乎不敢期望的，但总心向往之、致力追求的，却在那里发生了。由此可见，在一片土地上，乌托邦正在变成现实。"

不料现实却击碎了纪德的理想。

到苏联访问不久，纪德就陷入盘根错节、纠缠不清的种种问题和矛盾之中；极简单的一件事也弄得十分复杂，让人理不出头绪。

纪德在苏联看到的不是无产阶级掌权，而是斯大林一个人专政；他看到的不是生机勃勃，而是死气沉沉、闭关锁国的苏联。他在苏联看到了他最痛恨的东西，"一切降低人的价值的东西，一切减退人的智慧、信念和锐气的东西"，他也看到了他深恶痛绝的非正义：受到政治迫害而陷入绝境的普通工人求告无门……

纪德终于明白：苏联背离了它当初追求的目标，背叛了它令人们产生的所有希望。怎么办？如何处理人们肯定期待他做出的全面判断？"应当隐藏起保留意见，向世人谎称赞赏一切（像罗

237

曼·罗兰那样）吗？"纪德陷入惶恐和痛苦之中。

本来，纪德从一个"背德者"走向主持正义，靠拢苏联和共产主义，有了理想和信念，就已经走了一段艰难的历程。现在，他又面临另一段艰难的历程：离开苏联，离开他"遴选的祖国"。纪德所走的是双重的艰难历程。

然而，投鼠毕竟忌器。进步阵营早已把苏联和这项事业过紧地连在一起，对苏联的批评，很可能转嫁责任，损害这项事业了，纪德从而也就同整个进步阵营为敌了。

维护虚假的东西，就要丧失他终生最看重的人格，也违背重大抉择从不以功利为前提的品性。"我认为真诚之所以重要，正因为事关大多数人和我本人的信仰。"

这就不仅仅是做人的真诚，而是信仰的真诚了。"在我的心目中，还有比我本人更重要、比苏联更重要的东西，这就是人类，这就是人类的命运、人类的文化。"

纪德在《访苏联归来》开篇讲了一个希腊神话故事。谷物女神得墨忒耳装扮成老妪模样，进王宫照看刚出世的小王子得摩福翁。女神出于无限的爱，渴望将孩子带上神界，就在深更半夜把小王子放到炭火上锤炼。不料王后闯进来，推开女神，移走炭火，"毁弃了修炼中的超人品性"，孩子得救，却未能成神。

一到苏联访问，在纪德的心目中，苏联很快就成为一个破灭的神话。但是，他仍然端出《访苏联归来》这样一盆炭火，有谁能真正理解他的良苦用心呢?

唯有历史。纪德与众最大的不同,就是将他对待生活和写作的态度贯彻到底,原原本本经历他要讲述的生活……成为他要做的人。这就是他多变中贯彻到底的不变。

纪德的一生和他的作品,可以等同起来。

纪德原原本本经历了(包括心灵的行为)他要讲述的生活;同样,他的作品也原原本本地讲述了他经历(包括心灵的轨迹)的生活。没有作弊,也没有美饰。倒是他在《柯里东》《如果种子不死》等篇中暴露自己的同性恋癖,是令"亲痛仇快"的事。

萨特在悼念纪德的文章中写道:

> 他为我们活过的一生,我们只要读他的作品便能重活一次。纪德是个不可替代的榜样,因为他选择了变成他自身的真理。

纪德是在人生探索、文学创新两方面,都为后人留下最多启示的作家,他的书是每次重读都有新发现的作品,是让人思考、让人参与的作品。

李玉民

纪德生平和创作年表

1869 年

11 月 22 日，安德烈·保尔·纪尧姆·纪德生于巴黎梅迪契街 19 号（今埃德蒙·罗斯唐广场 2 号）。他是独生子。父亲保尔·纪德 1832 年生于于泽城意大利裔的新教家庭，在巴黎大学法学院任教。母亲朱莉叶·隆多 1835 年生于鲁昂一个富有的资产阶级家庭，信奉天主教新教。二人于 1863 年在鲁昂结婚。

1877 年

入小学，在达萨街的阿尔萨斯学校读书，数月后因"不良习惯"被除名。此后，他在学校的系统学习中断，只好经常请家庭教师了。安德烈自小接受了两种矛盾的教育：母亲认为"孩子应当顺从，而不需要明白为什么"；"父亲则始终倾向于无论什么事，都要向我解释清楚"。父亲把自己喜欢的书推荐给他，给他朗诵莫里哀的戏剧故事、《奥德赛》中的段落、《天方夜谭》中的辛巴达冒险故事、阿里巴巴的故事、意大利戏剧的滑稽场面等。这些读物给他幼小的心灵留下深刻的印象，是他后来强烈表现出来的好奇心与探索冒险精神的种子。

1880 年

10 月 28 日，父亲保尔·纪德去世。

1882 年

年末，去鲁昂，得知舅母玛蒂尔德·隆多生活放浪，与人私奔，他表姐玛德莱娜为此痛苦不堪，他便萌生了对表姐的爱。

1887 年

10 月，又重入阿尔萨斯中学，进修辞班，开始与同学皮埃尔·路易（后来署名皮埃尔·路伊）交往。

1888 年

10 月，入亨利四世中学哲学班，结交了后来成为著名政治家的莱翁·布鲁姆。

1890 年

3 月 1 日，舅父埃米尔·隆多去世，安德烈陪表姐玛德莱娜守灵，他觉得那便是他们的订婚仪式。夏季，独自在安西湖畔写《安德烈·瓦尔特笔记》。12 月，去南方蒙彼利埃看望叔父、经济学家夏尔·纪德，在那里结识青年诗人保尔·瓦莱里。

1891 年

1 月 8 日，玛德莱娜拒绝了纪德的求婚。纪德的母亲也始终反对这门婚事。2 月 2 日，由作家巴雷斯引荐给诗人马拉美，此后他便成为罗马街"星期二聚会"的常客。11 月，同造访巴黎的奥斯卡·王尔德多次会面。自费出版了《安德烈·瓦尔特笔记》《那喀索斯解》。

1892 年

夏季，同诗人亨利·德·雷尼埃游布列塔尼。《安德烈·瓦尔特诗集》出版。

1893 年

10 月 18 日，同他的朋友，年轻画家阿尔贝·洛朗在马赛港登船去北非，游历突尼斯和阿尔及利亚。出版《爱的尝试》和《乌连之旅》。

1894 年

2 月，和洛朗取道意大利返回法国。10 月至 12 月，去瑞士拉布雷维纳，在孤寂中写出了《帕吕德》，并于次年出版。

1895 年

1 月至 5 月，再次去阿尔及利亚旅行。5 月 31 日丧母。6 月 17 日，他与表姐订婚。10 月 7—8 日在库沃维尔结婚，结婚旅行，一路游览瑞士、意大利、突尼斯和阿尔及利亚，直至次年 5 月才回国。

1897 年

结识汪荣博（文学活动中称亨利·盖翁）。《人间食粮》出版

（法兰西水星出版社）。

1898—1900 年

出国旅行，先后去了意大利、阿尔及利亚（两度）。开始和在中国任领事的诗人克洛岱尔建立通信关系。出版傻剧《没有缚紧的普罗米修斯》、文论《致安琪尔的信》《借题发挥》。

1901—1903 年

先后出版剧本《康多尔王》《扫罗》和小说《背德者》。1903年，游历德国，然后又去阿尔及利亚。

1905—1908 年

1906 年出版《阿曼塔斯》。1907 年出版《浪子归来》。1908年，同停刊的《隐居》杂志原班人马马赛尔·德鲁安、雅克·科波、亨利·盖翁、安德烈·鲁伊特、让·施伦贝格创建《新法兰西评论》杂志。从 1897 年开始同文学杂志《隐居》合作，直到1906 年停刊为止。

1909—1911 年

出版小说《窄门》（1909）、《奥斯卡·王尔德》（1910）、《伊萨贝尔》。在《新法兰西评论》杂志创刊号上发表数篇文章。《新法兰西评论》在 20 世纪法国文学发展中，起了举足轻重的作用，许多重要作家的处女作都是在这份杂志上发表的。这家杂志社于1911 年创建了自己的出版社，由加斯东·伽利玛任社长，这就是后来发展成法国第一大出版社的伽利玛出版社。

1912—1919 年

同亨利·盖翁一道去游历意大利（1912），又一道去游历意大利、希腊和土耳其（1914）。第一次世界大战爆发后，在一年半期间，全力投入"法国－比利时之家"的工作，救助被占领地区的难民。于1916年和马克·阿莱格雷有了同性恋关系，他同马克去瑞士逗留（1917），又去阿尔及利亚共度4个月（1918）。妻子玛德莱娜因气愤而焚毁纪德给她写的全部信件。出版《梵蒂冈的地窖》（1914）、《重罪法庭回忆录》（1914）、《田园交响曲》（1919）。雅克·科波创建老鸽棚剧院（1913年10月），隶属于《新法兰西评论》杂志社，成为戏剧改革的基地。

1922—1929 年

1922年2月至3月，以陀思妥耶夫斯基为题，在老鸽棚剧院做了6场讲座。夏季，同赖塞尔贝格夫妇去蓝色海岸。1923年4月18日，他与伊丽莎白·冯·赖塞尔贝格的私生女出生，取名卡特琳，直到1938年妻子去世后，他才正式认自己的女儿。1925年7月14日，同马克·阿莱格雷登船去非洲，到刚果和乍得旅行考察，历时将近一年，回国后撰文猛烈抨击殖民制度和特许大公司的掠夺，引起议会辩论，媒体论战，政府被迫派员去调查。出版一系列重要作品：《科里东》（1925）、讨论宗教问题的《你也是……》《伪币制造者》《如果种子不死》（1926）、《刚果之行》（1927）、《乍得归来》（1928）、《妇人学校》（1929）。

1930—1935 年

去德国和突尼斯旅行（1930）。次年 1 月 4 日，与马尔罗前往柏林，要求戈培尔释放保加利亚共产党领袖季米特洛夫。同年 2 月，加入了"反法西斯作家警惕委员会"。7 月至 8 月去中欧旅行。1935 年 1 月 4 日，在巴黎的"争取真理联盟"，以"安德烈·纪德和我们的时代"为题，展开公开大辩论。3 月至 4 月，同荷兰共产党作家丁·拉斯特去西班牙和摩洛哥旅行。6 月，主持在巴黎召开的"世界作家保卫文化代表大会"。出版小说《罗贝尔》（1930）、剧本《俄狄浦斯》（1931）、《日记》（1929—1932）、《新食粮》（1935）。《纪德全集》从 1932 年开始出版，至 1939 年出到 15 卷时因战争而中断。

1936—1939 年

从 1932 年开始关心苏联政治和社会的进步，越来越同情和接近共产主义。1936 年 6 月 17 日，应苏联政府（通过苏联作家协会）的邀请，同几位青年作家一道去访问，历时两个月有余，回国著文批评苏联当权者的政策。1938 年，再次去法属西非旅行，又先后到希腊和埃及，以及塞内加尔旅行（1939）。战争爆发后不久，到南方朋友家暂住。出版小说《热维维埃芙》（1936）、《日记新篇》《访苏归来》（1936）。《日记》（1889—1939）纳入经典的《七星文库》，开在世作家的先例。

1940—1946 年

1941 年，同《新法兰西评论》断绝关系，因为德里厄·拉罗舍尔将杂志拖入与德国合作的政治中。1942 年 5 月 4 日，登船去突尼斯逗留一年，再去阿尔及尔逗留数月，然后去摩洛哥，均住在朋友家中，共历时两年有余。1946 年 4 月 16 日，在贝鲁特做了《文学回忆与现实问题》的重要讲座。出版《戏剧集》（1942）、《日记》（1939—1942）（纽约，1944）、《忒修斯》（纽约，1946）。

1947—1951 年

1947 年 6 月，获英国剑桥大学名誉博士称号，11 月获诺贝尔文学奖。1949 年 1—4 月，由让·昂鲁什录制《纪德谈话录》，于 11 月 10 日至 12 月 30 日在法国电台播放。1950 年，马克·阿莱格雷拍了电影《和安德烈·纪德在一起》。12 月 13 日，《梵蒂冈的地窖》在法兰西喜剧院首次演出。出版《戏剧全集》（1947）、《与弗朗西斯·雅姆通信集》（1948）、《与保尔·克洛岱尔通信集》（1949）、《秋叶集》（1949）、《日记》（1942—1950）。1951 年 1 月，计划去摩洛哥旅行。2 月 19 日，因肺炎在巴黎病逝，享年 82 岁。

镁工厂® **轻经典**

出 品 人：许　永
责任编辑：许宗华
特邀编辑：林园林
装帧设计：海　云
印制总监：蒋　波
发行总监：田峰峥
投稿信箱：cmsdbj@163.com
发　　行：北京创美汇品图书有限公司
发行热线：010-53017389　59799930

创美工厂
微信公众平台

创美工厂
官方微博